VERLOREN UND GEFUNDEN

CATAMOUNT LÖWENSHIFTER REIHE
BUCH 7

J.H. CROIX

Vor Jahrhunderten flüchteten sich die Berglöwen in den nördlichen Appalachen immer tiefer in die Berge, um sich davor zu schützen, dass die Menschen immer weiter in ihr riesiges Revier vorstießen. Sie entwickelten die Fähigkeit, sich von einem Menschen in einen Berglöwen und wieder zurück zu wandeln, um ihre Art vor dem Aussterben zu bewahren, während sie unbemerkt weiterleben konnten. So hielten alle Leute diese imposanten Wildkatzen für eine bloße eine Legende. Berichte über Sichtungen wurden als kühne Gerüchte abgetan. Als eine Unmöglichkeit. Bis eines Abends auf einer stark befahrenen Straße ein Auto in der Dunkelheit ein Tier erfasste. Das war die erste bestätigte Sichtung eines Berglöwen im Osten seit fast fünfundsiebzig Jahren. Die Wildkatze verstarb, ihr einzigartiges Leben war von einem Auto ausgelöscht worden. Doch dieser Berglöwe war kein gewöhnlicher Berglöwe. Die Autopsie ergab, dass es sich tatsächlich um einen Berglöwen gehandelt hatte und dass dieser Löwe vermutlich über 2.000 Kilometer von South Dakota aus zurückgelegt hatte – die längste bekannte Wanderung eines solchen Tieres. In Catamount, Maine, lebten die

Shifter mitten unter den Menschen und schützten ihre Art seit Jahrhunderten erfolgreich. Bis einer der ihren einen unwahrscheinlichen Tod fand und sie von einer Bedrohung für ihre Art erfahren mussten.

Shifter mitten unter den Menschen und schützten ihre Art seit Jahrhunderten erfolgreich. Bis einer der ihren einen unwahrscheinlichen Tod fand und sie von einer Bedrohung für ihre Art erfahren mussten.

KAPITEL EINS

„Hey Vivi!"

Vivian Sheldon wandte sich in Richtung der Stimme, die ihren Namen gerufen hatte, und sah einen Tisch voller beschwipster College-Studenten. Schnell schnappte sie sich ein Tablett von der Theke und machte sich daran, mehrere Biere der Hausmarke vom Fass einzuschenken. Sie wusste, wenn sie nur mit einem Bier an den Tisch käme, würde sie postwendend umkehren und mehr holen müssen.

Blitzschnell schlüpfte sie hinter die Theke von Quinn's Restaurant and Bar und trug ihr Tablett zu dem betreffenden Tisch. Ihre Umsicht, zusätzliche Biere mitzubringen, wurde mit einem saftigen Trinkgeld belohnt.

„Danke Vivi! Du bist eine Gedankenleserin", erklärte einer der Jungs, als sie sich abwandte.

Sie grinste kurz und kehrte hinter die Bar zurück. Normalerweise arbeitete sie ein paar Abende in der Woche im Quinn's als Aushilfe. Das hätte sie zwar lieber nicht getan, weil die Hektik sie ziemlich auslaugte, aber sie brauchte das Geld. Als alleinerziehende Mutter ihrer siebenjährigen Tochter Julianna kam sie von Monat zu Monat gerade so über die Runden. Sie liebte ihr kleines Gartenbauunternehmen, aber die Arbeit im Quinn's füllte die Kasse in den schwachen Monaten. Sie wüsste nicht, was sie tun würde, wenn ihre Mutter nicht immer kostenlos babysitten würde, wann immer sie sie brauchte.

Heute Abend war das Quinn's voll, wie immer. Das Lokal war schon seit vielen Jahren ein fester Bestandteil von Painter, Colorado. Es gab klassische Pubgerichte mit einigen modernen Neuerungen auf der Speisekarte, wie etwa kreative Burger und andere Gerichte. Das Lokal begeisterte so ziemlich jeden, von College-Studenten über Einheimische bis hin zu Touristen, die im Winter zum Skifahren und im Sommer zum Wandern in die Stadt kamen.

Vivi schlüpfte wieder hinter die Bar, die sich über die gesamte Länge der Rückwand erstreckte. Schnell wischte sie einen Fleck auf dem polierten Holztresen auf, dessen Oberfläche durch jahrelangen Gebrauch schon ganz abgenutzt und zerfurcht war. Dann bediente sie die Gäste an der Theke und schaute ab und zu in den Gastraum, um festzustellen, ob an den Tischen noch Getränke benötigt wurden. In der Mitte des großen Raumes waren runde Tische verteilt und an den Wänden gemütliche Sitzecken. Billard- und Kartentische befanden sich hinter einem Torbogen in einem anderen Raum.

Der Abend ging schnell vorbei. Als Vivi um Mitternacht das Lokal verließ, hatte sie genug Trinkgeld verdient, um ihre Stromrechnung zu bezahlen. Sie trat hinaus in die kühle Herbstluft und atmete langsam ein. Die Straßenlaternen in Painter waren eingeschaltet und erhellten ihren Heimweg. Painter, im Bundesstaat Colorado, war eine kleine Stadt in den

Rocky Mountains. Vivi wohnte nicht weit vom Stadtzentrum entfernt, also ging sie normalerweise zu Fuß zur Arbeit und zurück. Sie hielt einen Augenblick auf dem Bürgersteig inne, bevor sie weiterging. Der Krach vom Quinn's wurde allmählich leiser, als sie sich auf den Weg nach Hause machte.

Sie ging an den zumeist abgedunkelten Schaufenstern vorbei, zwischendurch waren lediglich ein paar Restaurants und Bars noch geöffnet. In Painter gab es eine öffentliche Universität und ein Skigebiet, ohne die die kleine Stadt bloß ein verschlafenes Bergnest wäre. Sie hatte ganz vergessen, eine Jacke mitzunehmen und fröstelte in der kühlen Luft. Der Herbst in den Rocky Mountains von Colorado konnte recht warme Tage und kühle Nächte mit sich bringen, wobei die Temperatur von Tag zu Tag schwankte, bis schlussendlich der Winter Einzug hielt. In der Ferne hörte sie Schritte, die sich ihr näherten. Ihre Sinne schärften sich, und sie witterte den Mann, der ihr da folgte. Er war kein Shifter, was eine Erleichterung war, denn das bedeutete, dass sie ihn notfalls leicht abwehren konnte. Der Haken an der Sache war allerdings, dass sie ihm möglicherweise eine Heidenangst einjagen würde.

Vivi war als Berglöwen-Shifterin in eine Familie von Shiftern hineingeboren worden. Shifter passten sich nahtlos an ihre Umgebung an und wandelten sich nur, wenn das nötig war oder sie das wollten. Nun war Painter zwar eine Hochburg für Shifter im Westen, aber Shifter waren über das ganze Land verstreut. Sie genossen im Westen einige Vorteile, da es hier wilde Berglöwen in ausreichender Zahl gab. Wenn also ein Shifter in Löwengestalt im Wald gesichtet wurde, ging man davon aus, dass er ein wilder Berglöwe war. Im Osten, wo Berglöwen-Shifter aus purer Verzweiflung heraus für Nachkommen sorgten, um ihre Art zu retten, herrschten ganz andere Bedingungen, da Berglöwen im Osten als ausgestorben galten. Shiftern lag das Bewahren ihres Geheimnisses sehr am Herzen, also hatte Vivi ihre Sicherheit nie als selbstverständlich angesehen. Sie offenbarte sich nur, wenn sie das auch wirklich wollte. Und sie hoffte, dass das nun nicht nötig sein würde. Währenddessen hörte sie, wie die Schritte näher und näher kamen.

Gerade als sie erwog, dass es das Beste wäre, sich in eine der offenen Bars vor ihr zu verziehen, trat ein Mann aus der Tür, die sie gerade noch im Auge gehabt hatte. Sofort erkannte sie das Profil von Heath Ashworth. Ein Anflug von Erleichterung durchfuhr sie. Heath kannte sie schon fast ewig. Er stand im Halbdunkel und schaute sich um, wobei sich seine Augen verengten, als er sie sah. Sofort wandte er sich ihr zu und lief mit langen, lockeren Schritten in ihre Richtung. Als er sich ihr näherte, fiel sein Blick auf sie. „Warte hier", meinte er, als er an ihr vorbeiging.

Sie blieb auf dem Bürgersteig stehen und drehte sich um, um hinter sich zu schauen. Der Mann, der ihr gefolgt war, wurde langsamer, als Heath auf ihn zukam. Heath beugte sich vor und sprach in das Ohr des Mannes. Jetzt, wo sie nah genug war, konnte sie sehen, dass der Mann jung und eindeutig betrunken war. Er schwankte auf seinen Füßen, als er vor Heath stand. Heath hatte sich zu seiner vollen Größe aufgerichtet. Als der Mann leicht schwankend innehielt, legte Heath ihm sanft die Hände auf die Schultern und drehte ihn um. Nach einem behutsamen Schubs begann der Mann, den Bürgersteig zurückzulaufen. Vor einer beleuchteten Bar drehte er sich um und stolperte durch die Tür.

Heath wandte sich ab, kehrte zu ihr zurück und

kam vor ihr zum Stehen. Ihr Puls begann zu rasen, was sie verzweifelt zu unterdrücken versuchte. Heath war der ältere Bruder ihrer besten Freundin und sie war schon seit ihrer Teenagerzeit in ihn verknallt. Mit seinen zweiunddreißig Jahren war Heath drei Jahre älter als sie und ihre beste Freundin Sophia. Vivi hatte Sophia vor all den Jahren ihre Schwärmerei verheimlicht und es irgendwie geschafft, sich einzureden, dass es vorbei sei, als Heath sich bei den Marines verpflichtet und Painter verlassen hatte. Viele Jahre lang hatte sie ihn nur selten gesehen, außer bei seinen kurzen Besuchen zu Hause. Aber vor etwa eineinhalb Jahren war er dann endgültig nach Hause zurückgekehrt.

In den Jahren, in denen Heath weg gewesen war, hatte sie versucht, ihre Jugendliebe zu verdrängen und sich in Juliannas Vater verliebt. Allerdings hatte sich das als reines Wunschdenken herausgestellt. Nach Juliannas Geburt war ihr Vater schnell wieder aus ihrem Leben verschwunden. In den ersten Jahren von Juliannas Leben war er zwar hier und da noch mal aufgetaucht, aber Vivi hatte schon seit über drei Jahren nichts mehr von ihm gehört. Daraus hatte sie ihre Lektion gelernt und war seit Jahren nicht mehr ausgegangen.

Und nun stand Heath hier in der Innenstadt von Painter vor ihr, und jede fiebrige Fantasie, die sie als Teenager über ihn gehabt hatte, erwachte erneut in ihr. Heath war großgewachsen, dunkel und geheimnisvoll, obwohl sie ihn schon so lange kannte, wie sie sich erinnern konnte. Er hatte einen kräftigen, muskulösen Körper mit der überschäumenden Energie eines Berglöwenshifters. Sein dunkles Haar umspielte den Kragen seiner Jeansjacke. Seine grünen Augen blickten zu den ihren hinunter.

Also gut, Vivi. Jetzt wäre es an der Zeit, dich zusammenzureißen. Du kannst doch nicht anfangen, dir die Sterne vom Himmel zu wünschen. Heath ist nicht an dir interessiert, also mach dir bloß keine falschen Hoffnungen. Kaum hatte sie diesen Gedanken beendet, blickte sie wieder in seine Augen und was sie dort sah, machte sie stutzig. Wäre es jemand anderes als Heath gewesen, hätte sie geschworen, dass sie Begierde in seinem Blick erkannt hatte. Aber er war Heath, und sie war nichts weiter als eine überarbeitete, alleinerziehende Mutter, die gerade so über die Runden kam, und die beste Freundin seiner Schwester, die er mit der gleichen brüderlichen Zuneigung behandelte wie sie selbst.

„Ich schätze nicht, dass der Typ das böse gemeint hat. Er ist jung und hat einen über den Durst getrunken", sagte Heath.

Seine heisere Stimme war wie eine raue Liebkosung. Sie jagte ihr heiße Schauer über den Rücken. Mit aller Kraft versuchte sie, sich auf das zu konzentrieren, was er da gesagt hatte. „Oh, richtig. Ja, ich habe mir ohnehin keine großen Sorgen gemacht, aber ich bin froh, dass du zufällig in der Nähe warst."

Heath nickte. „Ich hätte auch nicht damit gerechnet, dass du dir Sorgen machen würdest", erwiderte er mit einem halben Lächeln. „Das ist einfach nicht dein Stil."

Sie biss sich auf die Lippe und versuchte, ihren Körper dazu zu bringen, sich zu benehmen. Aber es war, als ob Flammen sie eingehüllt hätten. Die Luft war so kühl, und ihr war unglaublich heiß. Hitze durchflutete sie und ihr Puls raste unkontrolliert weiter, egal wie sehr sie sich bemühte, ihn zu verlangsamen. Plötzlich erschauderte sie. Heaths Augen verengten sich, bevor er mit den Schultern aus seiner Jacke schlüpfte.

„Dir ist kalt. Hier, nimm die doch."

Er trat näher an sie heran und legte ihr die Jacke über die Schultern, und seine Arme umschlossen sie. Der Jeansstoff war warm und roch nach ihm. Sie musste ihre Augen schließen, um das Verlangen, das sie durchströmte, unter Kontrolle zu bekommen. Als sie sie wieder öffnete, war er immer noch da, nur wenige Zentimeter von ihr entfernt. Seine Hände waren auf ihren Oberarmen gelandet. Während er sie nach unten gleiten ließ, jagte seine Berührung elektrische Stromstöße durch sie hindurch. Ihr Puls schoss in die Höhe und ihr Atem wurde ganz flach, als sie seinem Blick begegnete.

Schließlich erreichten seine Handflächen ihre Hände, die eiskalt waren. Seine Hände, warm und stark, legten sich um ihre und wärmten sie. Plötzlich löste er sich von einer ihrer Hände und trat einen Schritt näher an sie heran. Er war jetzt so nah, dass sich ihre Brüste und sein Oberkörper berührten, als sie einatmete. Sie errötete, als ihr bewusst wurde, dass er ihre aufgerichteten Brustwarzen durch ihr T-Shirt hindurch spüren konnte. Irgendetwas flackerte in seinen Augen auf. Aber bevor sie noch darüber nachdenken konnte, schob er seine Hand in ihr Haar und senkte seinen Kopf.

Als seine Lippen nur noch einen Hauch von den ihren entfernt waren, flüsterte er: „Das wollte ich schon viel zu lange mal tun."

Sie war dermaßen überwältigt von seinen Worten, dass ihre Knie zu schlottern begangen. Seine Lippen trafen auf ihre, und jeder Anschein von Nachdenken löste sich in dem Verlangen auf, das sie durchströmte. Er zögerte keine Sekunde. Blitzschnell legte er seinen Mund auf ihren, und sie verlor fast den Verstand. Als sie nach Luft schnappte, drang seine Zunge in sie ein und das Verlangen donnerte durch sie hindurch. Sie schmiegte sich an ihn und bewegte sich aus reinem Instinkt, so überwältigt von ihren Gefühlen, dass sie nicht mehr klar denken konnte. Ihre Zunge glitt gegen seine und sie küsste ihn mit all ihrer Leidenschaft. Da legte sein Arm sich um ihren Rücken und zog sie an sich. Sie spürte die Hitze seiner Erektion, die sich in ihren Bauch drückte. Heißes, flüssiges Verlangen sammelte sich zwischen ihren Beinen. Sie ließ ihre Hände über seine Brust gleiten und genoss das Gefühl seiner kräftigen Muskeln unter ihrer Berührung.

Plötzlich hörte sie das Geräusch eines Autos, das die Straße herunterkam. Helle Scheinwerfer streiften sie und Heath löste sich von ihren Lippen. Blitzschnell schoss die Erkenntnis durch sie hindurch. Sie versuchte, sich zu sammeln. Als sie aufblickte, stand Heath da und betrachtete sie wartend. *Oh mein Gott, oh mein Gott, oh mein Gott! Was zum Teufel hast du dir dabei gedacht? Du hast Heath geküsst! Das musst du unbedingt herunterspielen. Aber wahrscheinlich bedeutet ihm das Ganze ohnehin nichts. Atme also ganz tief ein und ...*

Da lockerte sich Heaths Hand in ihrem Haar und er ließ sie langsam los, bevor er ihr eine Strähne aus der Stirn strich und sie hinter ihr Ohr steckte. Jede Berührung jagte Funken über ihre Haut.

Seine Augen wirkten dunkel, als er auf sie herabblickte. Er schien über seine Worte nachzudenken. Verzweifelt füllte sie die Stille. „Hör zu, das war doch bloß ein Kuss. Wir haben nicht nachgedacht. Du musst dir keine Sorgen machen, dass ich ...“

Da schüttelte er heftig den Kopf. „Ich wollte dich doch küssen“, stellte er unumwunden fest. „Das musst du doch nicht abstreiten.“

Sie hatte gar nicht bemerkt, dass sie die Luft angehalten hatte, bis sie plötzlich laut ausatmete. Ihre

Hände lagen immer noch auf seiner Brust und sie konnte den schnellen Schlag seines Herzens unter einer ihrer Handflächen spüren. „Oh, ähm ... Oh."

Wow, ganz stark, Vivi. Meinst du, du könntest noch mal „Oh" sagen?

Sie seufzte innerlich und blickte dann wieder auf. Seine Augen funkelten belustigt, aber er schwieg. Also atmete sie tief ein, die kühle Luft beruhigte ihre Nerven gerade so weit, dass sie nachdenken konnte. „Hm. Das kommt, äh, jetzt ziemlich unerwartet und ich bin mir nicht sicher, was du darüber denkst."

„Ich denke, was ich gesagt habe. Ich möchte dich schon viel zu lange küssen, also habe ich es endlich getan."

———

Heath schaute auf Vivi hinunter, sein Herz pochte so stark, dass es durch seinen ganzen Körper hallte. Sie holte nochmal Luft, was ihn fast wieder um den Verstand brachte. Er konnte das Gefühl ihrer festen Brustwarzen an seinem Oberkörper kaum noch ertragen. Sie befanden sich auf der Main Street in der Innenstadt von Painter, und jeder, der vorbeifuhr, konnte sie sehen. Er war sich nicht sicher, ob er seinen Verstand verloren hatte, als er sie geküsst hatte, aber er wollte nicht mehr länger lügen. Wenn er in den letzten anderthalb Jahren eine Sache begriffen hatte, dann, dass Ehrlichkeit das Einzige war, was ihn weiter brachte.

Vivis dunkles Haar fiel über ihre Schultern. Wo die Straßenlaternen es auffingen, schimmerte es. Ihre blauen Augen strahlten gegen ihre helle Haut an. Sein Blick schweifte über ihr Gesicht – die Wölbung ihrer Augenbrauen, ihre hohen Wangenknochen, die zu ihrem geschwungenen Mund hin abfielen, und die unmerkliche Verletzlichkeit, die sich tief in ihren Augen verbarg. Genau die schnürte ihm das Herz zu. Er erinnerte sich an Vivi, als sie noch jünger war, fast immer mit Sophia zusammen, und so frech, verwegen und fröhlich. Aber als er nach über einem Jahrzehnt beim Militär nach Painter zurückgekehrt war, war es, als ob ihr Strahlen schwächer geworden wäre. Er war sich gar nicht bewusst gewesen, wie sehr er dieses Strahlen vermisst hatte, bis es irgendwann nicht mehr so hell geleuchtet hatte.

Was er gesagt hatte, war wahr. Vor vielen Jahren hatte er zwar ein paar jugendliche Fantasien über sie gehabt, aber die hatte er verdrängt. Ihm war nicht ganz wohl bei der Sache gewesen, der besten Freundin seiner kleinen Schwester nachzustellen. Ein Jahrzehnt beim Militär hatte dann jegliche Fantasien weit aus seinem Kopf verdrängt. Aber das letzte Jahr hatte ihn fast gebrochen. Ein schwerer Autounfall hatte sein Leben völlig auf den Kopf gestellt und ihn ins Krankenhaus gebracht. Danach hatte er mehrere Operationen über sich ergehen lassen müssen, um seinen zertrümmerten Oberschenkelknochen zu reparieren. Die Schmerzmittel hatten ihn regelrecht benebelt. Gelegentlich, wann immer sich der Nebel ein wenig gelichtet hatte, hatte er stets Vivi vor seinem inneren Auge gesehen und sich gewünscht, das heftige Verlangen, das er für sie empfunden hatte, erkunden zu können. Zuletzt war er sogar abhängig von den Schmerzmitteln geworden und musste seine Sucht bekämpfen. Damals hatte er sich niemandem gegenüber würdig gefühlt. Und schon gar nicht gegenüber Vivi – dieser starken, gewissenhaften, fürsorglichen und einfach umwerfenden Frau. Zweifel hatten in seinem Kopf aufgeflackert. Aber als Shifter war er an derlei Zweifel gar nicht gewöhnt gewesen. Doch das letzte Jahr hatte ihn auf eine Weise geschwächt, die er sich nie hätte vorstellen können. Heute fühlte er sich zwar wieder stark, aber er war sich dennoch nicht sicher, ob er Vivi würdig war.

„Ich habe mir das hier zwar so lange gewünscht, aber wahrscheinlich hätte ich das nicht tun sollen", platzte es aus ihm heraus, bevor er überhaupt darüber nachgedacht hatte.

Vivis Blick traf ihn mitten ins Herz. „Warum sagst du das jetzt?"

Er räusperte sich und versuchte, sich zu sammeln. „Weil ich dieses Jahr vermasselt habe. Und zwar gewaltig. Du hast ganz bestimmt keinen Bedarf an ..."

Vivis Augen blitzten im Schimmer der Straßenlaternen auf. „Wage es ja nicht, jetzt damit anzufangen! Du hast es also vermasselt? Nach diesem höllischen Jahr und den schrecklichen Schmerzen? Du hast es doch bereits geschafft. Du bist ein Shifter, du bist viel zu stark, um irgendwas anderes zu tun, als wieder aufzustehen. Im Übrigen hast du das bereits und bist dadurch viel stärker geworden." Sie hielt inne und holte zittrig Luft. „Wahrscheinlich habe ich alle möglichen Fragen dazu, aber das hat doch nichts damit zu tun, was du dieses Jahr durchgemacht hast."

Ihre Worte waren so klar und zuversichtlich, dass sich die Zweifel, die sich in sein Gehirn geschlichen hatten, sofort verflüchtigten. Er holte tief Luft und versuchte, seinen Körper wieder unter Kontrolle zu bringen. Dann lockerte er seinen Griff um sie, auch wenn ihn das enorm viel Überwindung kostete, und trat einen halben Schritt zurück. Er brauchte zwar den Abstand, aber er brachte es auch nicht übers Herz, sie nicht mehr zu berühren, also ließ er seine Hand auf ihrem Rücken ruhen. Er hatte unterschätzt, wie groß sein Verlangen war, mit seiner Hand über die Wölbung ihres üppigen Pos zu gleiten, und er musste mehrmals langsam durchatmen, um die Kontrolle zu behalten.

Vivi hatte ihren Blick gesenkt, aber nun hob sie ihn wieder. Sie sah ihn klar und direkt an. „Wie lange ist so lang?", fragte sie.

Er dachte einen Augenblick lang nach. „Nun, darauf gibt es zwei Antworten. Die eine ist, dass ich vielleicht schon daran gedacht habe, dich zu küssen, als du noch auf der Highschool warst." Als sich ihre Augen weiteten, konnte er sich ein Lächeln nicht verkneifen. „Und im letzten Jahr habe ich dann an weit mehr gedacht als nur daran. Aber bis jetzt hat sich noch nicht die richtige Gelegenheit ergeben."

Ihm schnürte es die Luft ab, als ihm klar wurde, was seine eigenen Worte bedeuteten. Sobald er sie laut hörte, entfalteten sie eine Kraft, mit der er nicht gerechnet hatte.

Vivi schwieg für einige Sekunden und ihre Wangen erröteten. Dann zog sie eine ihrer Hände von seiner Brust. Sie begann, mit dem silbernen Armband an ihrem Handgelenk zu spielen und holte dann tief Luft, bevor sie das Wort ergriff. „Also gut. Damit wäre die Sache geklärt."

„Aber was ist mit dir?"

Wieder vergingen ein paar Schläge und sie atmete tief durch. „Also gut, du warst ehrlich, also möchte ich auch ehrlich sein. Zunächst habe ich vielleicht mehr als ein paar Mal daran gedacht, dich auf der High-school zu küssen. Aber dann hat das Leben dazwischengefunkt und dann ..." Sie hielt inne, das leise Klirren der Anhänger an ihrem Armband war zu hören, als sie zu ihm aufsah. „Bist du wieder nach Hause gekommen ... und seitdem habe ich viel mehr über alles nachgedacht."

Am liebsten hätte er sie in die Arme genommen und sich ganz tief in ihr vergraben, aber er war nicht auf schnelle Befriedigung aus. Nicht mit Vivi. Er wünschte sich Zeit, um herauszufinden, was sich zwischen ihnen entwickelte und ob ihm das tatsächlich so viel bedeutete, wie er vermutete. Wenn der Kater in ihm ein Wörtchen mitzusprechen hätte, würde er keine Sekunde mehr warten. Doch leider setzte sich die menschliche Vernunft durch. Also unterdrückte er sein Verlangen und ließ seine Hand langsam von ihrer Taille gleiten.

„Bist du auf dem Weg nach Hause?“, fragte er.

Als sie nickte, fuhr er fort. „Ich begleite dich.“

Sie liefen durch die stille Nacht. Irgendwann auf dem Weg griff er nach ihrer Hand. Als sie die Stufen zu ihrem Haus hinaufgingen, schaute er hinunter und gönnte sich einen kleinen Augenblick. Er neigte seinen Kopf und küsste sie kurz auf die Lippen. Es kostete ihn all seine Willenskraft, sich von ihr zu lösen.

Nachdem sie die Tür geschlossen und hinter sich abgesperrt hatte, stieg er die Treppe hinunter und kehrte zu seinem Auto zurück. Sein Löwe tobte. Dass er sein Verlangen derart zurückgehalten hatte, ging ihm gehörig gegen den Strich. Die kühle, ruhige Nacht beruhigte ihn und als er es endlich zu seinem Auto geschafft hatte, war die Hitze in seinem Inneren bereits abgeklungen.

KAPITEL ZWEI

Vivi hielt eine Zahnbürste in der einen Hand und schrubbte sich kräftig die Zähne, während sie mit der anderen Hand ihre Haare mit einer Spange zurücksteckte. Bei laufendem Wasser spülte sie sich den Mund aus. Gerade als sie das Wasser abstellte, kam ein lautes Poltern aus der Küche.

„Julianna!", rief sie, schnappte sich ein Handtuch und trocknete sich die Hände, während sie in den Flur rannte.

Julianna blickte auf und ihre dunkelbraunen Augen wurden ganz groß. Eine Milchtüte lag auf dem Boden und die Milch verteilte sich in einer Lache neben Juliannas Füßen. Julianna blickte mit einer Grimasse auf. „Tut mir leid, Mom."

Ein schwarzer und weißer Fleck stach Vivi ins Auge. Jax, Juliannas geliebter junger Kater, flitzte durch die Küche und schlitterte durch die Milchpfütze. Ungeduld machte sich in Vivi breit. Jeder Morgen fühlte sich wie ein Wettlauf an. Und kleine Missgeschicke wie dieser erhöhten die Hektik nur noch mehr. Schnell eilte Vivi zu Jax und ließ das Handtuch in ihren Händen auf die Milch fallen. „Tut mir leid, Jax. Wir haben jetzt keine Zeit, dass du das hier auflecken kannst." Jax hockte sich auf seine Hinterbeine und machte sich unbeirrt daran, seine nassen Pfoten zu säubern.

„Mom! Das ist ein Handtuch aus dem Bad!"

Vivi zuckte mit den Schultern. „Na und?" Sie strich Julianna die braunen Haare aus den Augen und drückte ihr einen Kuss auf die Stirn. Als sie wieder auf den Boden schaute, hatte das Handtuch die Milch bereits aufgesaugt. „Siehst du, alles weg", meinte sie, während sie das Handtuch aufhob und es zum Waschbecken trug, um es auszuwringen. „Heb bitte die Milchtüte auf."

Das tat Julianna sofort und trug die Tüte zum Mülleimer. „Gib mir die doch mal", bat Vivi, drehte sich um und streckte ihre Hand aus.

Julianna sah auf und blickte verwirrt.

„Wenn da noch Milch drin ist, können wir sie immer noch trinken", erklärte Vivi und grinste.

Julianna lächelte zweifelnd, aber sie reichte ihrer Mutter die Packung. Vivi schüttelte sie und spürte, wie im Inneren fast nichts mehr hin und her schwappte. „Na ja, es war einen Versuch wert." Sie gab die Tüte Julianna zurück, die sie schnell in den Müll warf, bevor sie sich auf einen Stuhl am Küchentisch plumpsen ließ.

In der Hoffnung, eine weitere Packung Milch zu finden, öffnete Vivi den Kühlschrank, damit Julianna ihr Müsli essen konnte und sie einen Schuss Milch in ihren Kaffee bekam. Kein Glück. Beim Einkaufen und bei allem, was Geld kostete, lebte sie eher von Tag zu Tag. Sie hätte ihr Leben gegen nichts anderes eintauschen wollen, aber als alleinerziehende Mutter war das Geld immer knapp. Als sie mit Julianna schwanger wurde, war ihr Gartenbaubetrieb bereits höchst erfolgreich. Es war zwar bloß ein kleines Unternehmen, aber es reichte aus, um die Rechnungen zu bezahlen und sie liebte es. Doch als sie Julianna bekam, merkte sie schnell, dass ihr Geld nicht mehr ausreichte. Ihr Geschäft hielt sie über Wasser und ein paar Schichten pro Woche im Quinn's stopften die Löcher im Budget.

Bevor Julianna auf die Welt gekommen war, hatte sich Vivi in Chris Barnett verliebt, einen Shifter, den sie kennengelernt hatte, als er einen Sommer in Painter verbracht hatte. Chris war witzig gewesen und hatte sie mit Aufmerksamkeit überschüttet, bis zu dem Tag, an dem sie ihm von ihrer unerwarteten Schwangerschaft berichtet hatte. Noch bevor sie darüber beraten konnten, was sie nun tun sollten, hatte er ihr klargemacht, dass er erwartete, dass sie das Baby nicht bekommen würde. Zudem hatte er sich kalt und distanziert gezeigt.

Bis heute wusste sie nicht, ob seine anmaßende Annahme, Julianna nicht zu bekommen, sie zu ihrer Entscheidung bewogen hatte. Aber das spielte letztlich auch keine Rolle, da Vivi Julianna über alles liebte und den Lauf der Dinge nie geändert hätte, selbst wenn sie das gekonnt hätte. Es wäre schön gewesen, wenn Julianna einen Vater gehabt hätte, der ein Teil ihres Lebens gewesen wäre, aber wenn Vivi eines begriffen hatte, dann, dass es das Leben viel einfacher macht, wenn man sich mit den Umständen abfindet, auf die man keinen Einfluss hat.

Also schnappte sie sich erst einmal einen Joghurt und eine Banane. Einen Augenblick später stellte sie die Schüssel vor Julianna ab. „Ahornjoghurt mit Bananen!", verkündete sie mit einer gespielten Verbeugung. „Das Frühstück der Champions."

Julianna kicherte und hob sofort ihren Löffel, um kräftig reinzuhauen. Kurze Zeit später sah Vivi dem Schulbus nach, der im neblig-grauen Regen des Morgens leuchtend gelb davonfuhr. Mit einem Seufzer setzte sie sich an den Küchentisch. Wie durch ein kleines Wunder hatten sich nur ein paar Teller in der Spüle gestapelt. Ihr Blick wanderte durch die Küche. Ihr Haus war ein kleiner Bungalow, wie viele der Häuser in ihrer Nachbarschaft. Die Küche war an zwei Wänden mit Theken und Schränken ausgestattet und in einer Ecke stand der Kühlschrank. Die Spüle befand sich in der Mitte der einen Wand und der Herd an der anderen. Es gab gerade genug Platz für einen kleinen runden Tisch am Torbogen, der ins Wohnzimmer führte. Bei klarem Wetter ließen die Fenster die Sonne bis in die Küche hinein. Da es aber heute regnete, war das Licht drinnen nur schwach.

Sie schob ihren Stuhl zurück und schritt ins Wohnzimmer. In der Ferne ragten die Berge auf, die teilweise von den Wolken verdeckt wurden. Painter lag hoch in den Bergen von Colorado eingebettet. Vivi liebte es hier. Ihre Shifterseite fühlte sich nur in den Bergen und am Rande der Wildnis zu Hause. Sie liebte die Lage ihres Hauses, weil sie jeden Tag die Berge bewundern konnte, ihre beste Freundin nur einige Häuser weiter wohnte und die Innenstadt von Painter zu Fuß zu erreichen war.

Ihr Blick fiel auf einen der Farne, die im Fenster hingen. Schnell schnappte sie sich die Gießkanne vom Tisch an der Wand und füllte sie. Nachdem sie ihre Pflanzen gegossen hatte, warf sie sich ihren Regenmantel über und griff nach ihrer Handtasche, bevor sie zur Tür hinausging. Sie lief die Verandatreppe hinunter und blieb bei ihrem Auto stehen, wo sie einen Augenblick lang überlegte, ob sie fahren sollte. Schnell entschied sie sich dagegen und machte sich zu Fuß auf den Weg durch den Nieselregen.

Als sie in die Main Street einbog und den leuchtend roten Schriftzug des Mile High Grounds sah, ihrem Lieblingscafé, das zufällig ihrer besten Freundin gehörte, huschte Heath zum hundertsten Mal seit dem unerwarteten Kuss von gestern Abend durch ihre Gedanken. Sie ertappte sich dabei, wie sie die Gedanken immer wieder verscheuchte – es war fast zu viel, darüber nachzudenken, was da vorgefallen war. Die Wahrscheinlichkeit war hoch, dass sie ihn im Mile High treffen würde. Er war genauso oft dort wie sie, da Sophia seine Schwester war. Allein der Gedanke an ihn ließ ihren Magen flattern. Sie konnte kaum glauben, dass dieser Kuss überhaupt stattgefunden hatte. Normalerweise hätte sie Sophia angerufen, um sich über solche Ereignisse auszutauschen, aber das konnte sie nicht. Jedenfalls nicht heute. Sie hatte Sophia erfolgreich verheimlicht, dass sie in Heath verknallt war, als sie noch zusammen auf der Highschool gewesen waren. Während er beim Militär war, hatte sie die Sache auf sich beruhen lassen. Bis Chris aufgetaucht war und sie regelrecht aus den Socken gehauen hatte. Danach war sie zu sehr damit beschäftigt gewesen, Mutter zu sein, um an irgendetwas zu denken, das auch nur annähernd wie eine Romanze ausgesehen hätte.

Und schließlich war Heath nach Hause gekommen. Sein erstes Jahr zu Hause war hart gewesen. Mit seinem Autounfall, der zermürbenden Reha, der

Schmerzmittelsucht und schließlich der Auseinandersetzung mit dem Schmuggelnetzwerk der Shifter hatte er mehr als genug Probleme gehabt. Vivi kämpfte gegen die Flut von Gefühlen, die sie für ihn hegte. Als sie das Mile High Grounds erreicht hatte, trat sie durch die Schwingtür. Der Duft von Kaffee erfüllte den kleinen Raum. Es war mitten am Vormittag und der Coffee Shop brummte. Die Tische waren voll besetzt und eine Schlange von Kunden wartete vor dem Tresen. Sie sah sich um und atmete leise auf, als sie feststellte, dass Heath nicht da war. Auf ihre Erleichterung folgte sofort ein Anflug von Enttäuschung. Auf der einen Seite hätte sie ihn so gerne wiedergesehen, aber dann wiederum auch nicht. Diese törichte, hoffnungsvolle Seite in ihr wollte unbedingt herausfinden, ob die Funken wieder sprühen würden, sobald sie ihn sah. Aber ihr rationaler Verstand erinnerte sie daran, dass sie nicht romantisch und hoffnungsvoll werden durfte. Zu viele Schwierigkeiten. Mit einem Kopfschütteln, um Heath aus ihren Gedanken zu vertreiben, stellte sie sich an der Kasse an.

———

Heath lenkte seinen Truck in eine Parklücke auf der Main Street. Beim Überqueren der Straße wandte er sich rasch um und stellte fest, dass er ganz vergessen hatte, den Wagen abzuschließen. Er drückte auf den Knopf seines Funkschlüssels und hielt inne, wo er stand. Sein derzeitiger Truck funkelte schwarz. Er ähnelte dem, den er jahrelang gehabt hatte, war aber ein paar Jahre jünger. Der Wagen hatte einen Totalschaden erlitten, als er in der kalten Nacht vor über einem Jahr auf der Autobahn ins Schleudern geraten war. Jener Truck hatte sich wie ein alter Freund angefühlt, weil er all die Jahre auf ihn gewartet hatte, die er beim Militär verbracht hatte. Dieser hier war dagegen viel zu schick, zu neu. Er holte tief Luft. Nachdem er ein Jahr lang durch den Nebel von Schmerzen und Schmerzmitteln gestolpert war, wusste er jeden Augenblick zu schätzen, in dem er klar denken konnte. Ein gutes halbes Jahr lang besaß er diese Klarheit nun und war immer noch dankbar für jede Sekunde. Er drehte sich auf dem Absatz um, schritt den Bürgersteig entlang und schob sich durch die Tür des Mile High Grounds. Sophia hatte das Café während seiner Abwesenheit eröffnet und es war zum angesagtesten Ort der Stadt für Kaffee geworden. Er war verdammt stolz auf seine Schwester.

Nach ein paar Schritten im Café kribbelte es auf seiner Haut. Er hob den Kopf und sah Vivi an der Theke stehen. Mit der Hüfte gegen den Tresen gelehnt, unterhielt sie sich wild gestikulierend mit Sophia. Vivis dunkles Haar war auf einer Seite mit einer Haarspange zurückgebunden. Sie trug anthrazitfarbene Leggings und darüber einen stretchigen schwarzen Minirock. Ihr marineblauer Regenmantel hing ihr über die Schultern. Ein heißer Schauer durchfuhr ihn und schon bei ihrem Anblick spannte sich sein Körper an. Er musste die ganze Sache locker angehen. In der letzten Nacht hatte er vielleicht zugelassen, dass die Lust ihn übermannte, aber er war vernünftig genug, um zu wissen, dass er behutsam vorgehen musste.

Vivi konnte nicht einfach nur ein Abenteuer sein. Abgesehen davon, dass sie Sophias beste Freundin war und Sophia ihn umbringen würde, wenn er Vivi nicht mit dem größtmöglichen Respekt behandelte, bedeutete sie ihm zu viel. Also brachte er sich unter Kontrolle und schritt langsam auf den Tresen zu.

Tommy Dawson, einer von Sophias Angestellten, sah ihn zuerst. „Hey Mann, was darf's denn heute sein?", fragte er, und seine braunen Augen strahlten dabei.

„Ich nehme heute einen normalen Kaffee."

Auf Heaths Antwort hin wandte sich Vivi um und ihre blauen Augen trafen auf seine. Er nickte in ihre Richtung. Auch Sophia warf einen Blick in seine Richtung. „Hey Heath! Heute mal keinen Mocha?"

Heath zuckte mit den Schultern. „Der ist zwar unglaublich lecker, aber ich bin gerade nicht in der Stimmung für irgendwas Süßes. Ich brauche lediglich einen schwarzen Kaffee."

„Kommt sofort", antwortete Tommy, bevor er von der Theke zurücktrat, um den besagten Kaffee zu holen.

Heath ließ seinen Blick zu Vivi schweifen. Ihre Jacke war aufgeknöpft und enthüllte ihr enganliegendes weißes T-Shirt. Sie hatte eine Schwäche für diese straff sitzenden Baumwollshirts, die ihn fast um den Verstand brachten. Das Shirt zog sich eng über ihre vollen Brüste und umspielte die Vertiefung an ihrer Taille. Lust durchfuhr ihn, und er riss seinen Blick von ihr los. Stattdessen fiel er auf Tommy, der mit dem Kaffee in der Hand zum Tresen zurückkehrte. Tommys Blick hüpfte von Vivi zu Heath, ein Hauch von Neugierde lag in seinen Augen. Dann schob er den Kaffee über den Tresen zu Heath.

Heath nahm ihn und trank einen Schluck. Er holte sein Portemonnaie heraus und warf einen Fünf-Dollar-Schein auf den Tresen. Bevor Sophia irgendetwas erwidern konnte, ergriff er das Wort. „Wenn du mich nicht abkassierst, steck ich das Geld in die Trinkgeldbüchse."

Tommy schmunzelte, schnappte sich den Schein und steckte ihn in die Trinkgeldkasse. „Keine Chance."

Sophias schelmischer Blick huschte zwischen ihnen hin und her. „Ich darf meinen Familienmitgliedern so viel Kaffee ausgeben, wie ich möchte!"

Heath zuckte mit den Schultern. „So oder so, der Kaffee ist hervorragend." Er nahm einen weiteren Schluck und warf wieder einen Blick in Vivis Richtung. Die hatte sich inzwischen weggedreht und fragte Sophia: „Hat Daniel eigentlich noch etwas von Roger gehört, nachdem sie die Grundstücke in Wyoming durchsucht haben?"

Heath trat näher heran und wich einem Kunden aus, der sich dem Tresen näherte. Ein dezenter Hauch von Lavendel wehte ihm entgegen. Der Duft erinnerte ihn daran, wie Vivi sich in der letzten Nacht so nah an seiner Seite angefühlt hatte. Das Ganze hatte zwar nur ein paar Minuten gedauert, aber er hatte die Situation immer wieder in einer Schleife in seinem Kopf abgespielt. Er nahm einen weiteren Schluck Kaffee und konzentrierte sich auf den Augenblick.

„Stimmt, irgendwelche Neuigkeiten von Roger?", griff er Vivis Frage auf. Roger war einer der Polizisten aus Painter und einer der Shifter, die die Ermittlungen gegen das Drogenschmuggelnetzwerk der Shifter leiteten. Letzten Herbst hatte es einen großen Durchbruch in den jahrelangen Ermittlungen gegeben, als der Rädelsführer enttarnt worden war. Nelson Weaver war auf der Flucht und die Polizei durchsuchte gezielt die riesigen Ländereien von Daniel Hayes. Daniel war zufällig Nelsons lange verschollener Neffe, der nach Painter zurückgekehrt war und Sophia im Sturm erobert hatte.

Nelson hatte die alten Waldgrundstücke seiner Familie als Zwischenstationen und Lagerplätze für das Schmugglernetzwerk genutzt. Berglöwenshifter eigneten sich leider hervorragend für den Drogenschmuggel, weil sie sich über weite Entfernungen bewegen konnten, ohne dass jemand Verdacht schöpfte. Nach dem Tod seines anderen Neffen, Daniels Bruder, war Nelson mürrisch und verbittert geworden. Dieser Tod hatte seine Schatten über Painter geworfen, weil er die Shifter in große Gefahr gebracht hatte. Daniels Bruder hatte sich im Alter von zehn Jahren in einem öffentlichen Park gewandelt und war erschossen worden. Unter dem Leid und der Schande war seine Familie aus Painter geflohen. Nelson war Alkohol und Drogen verfallen und hatte irgendwann erkannt, dass er gutes Geld damit verdienen konnte, Shifter zum Drogenschmuggel anzuheuern.

Abgesehen von den offensichtlichen Gründen, warum jede Gemeinde Drogenschmuggel unterbinden wollte, hatte Painter seit Jahrhunderten geheim gehalten, dass es Shifter gab. Sobald Shifter in den Drogenschmuggel verwickelt waren, war damit die gesamte Gemeinschaft in Gefahr. Jede Verwicklung in gesetzeswidrige Aktivitäten gefährdete das Geheimnis der Shifter. Painter war eine von vielen Shifter-Gemeinden und leider hatte das Schmuggelnetzwerk der Shifter seine Klauen über das ganze Land ausgebreitet. In anderen Gegenden war es gelungen, das Netzwerk zu zerschlagen, aber in Painter war es immer wieder aufgeflammt. Erst als sie Nelsons Rolle aufgedeckt und herausgefunden hatten, wie er die Waldgebiete seiner Familie genutzt hatte, die weit im Westen und an den Rändern des Mittleren Westens verstreut waren, hatte die Gemeinschaft der Shifter endlich das Gefühl, dass sie endlich Aussicht hatte, das Netzwerk auszulöschen. Nach einem Kampf in den Wäldern war Nelson vor ein paar Monaten verschwunden.

Sophia blickte achselzuckend zu Heath. „Nicht

viel. Daniel hat nur berichtet, dass sie weitere Gebiete durchsucht, aber keine Spur von Nelson gefunden haben. Sie haben auf fast allen Grundstücken weitere Vorratslager gefunden und sie abgerissen. Das Problem ist, dass diese alten Waldgrundstücke riesig sind. Sie verteilen sich zwar, aber wenn sie wirklich jeden Zentimeter abdecken wollten, müssten sie Unterstützung aus der Luft anfordern. Und damit würden sie genau die Aufmerksamkeit auf sich ziehen, die wir eigentlich nicht haben wollen."

„Ja, wir können ja nicht zugeben, dass wir nach einem Berglöwen und einem Mann suchen. Wenn er sich durch den Wald bewegt, ist er höchstwahrscheinlich ein Löwe", fügte Heath hinzu. Er schüttelte den Kopf, seufzte und lehnte sich mit der Hüfte gegen den Tresen. „Sie finden ihn schon. Es ist nur die Frage, wie lange es dauert. Egal was passiert, Nelson kann nicht ewig davonlaufen. Als ich Roger letzte Woche besucht habe, hat er erwähnt, dass sie die Cops in allen Shiftergemeinden alarmiert haben. Er kann sich also nirgendwo zu lange verstecken."

Endlich sah Vivi zu Heath hinüber. Sie schlang das Gummiband ihres Regenmantels um ihren Zeigefinger. „Daran erinnere ich mich auch immer wieder. Ich mache mir bloß Sorgen, dass sie irgendwann aufhören zu suchen."

„Vivi, das werden sie nicht", antwortete Sophia und schüttelte den Kopf.

„Vielleicht, vielleicht auch nicht. Es ist schon ein paar Monate her, dass Nelson abgehauen ist und jeder wird irgendwann träge. Ich höre doch den ganzen Klatsch und Tratsch im Quinn's. Die wenigsten Shifter machen sich noch Gedanken darüber."

„Die Polizei steht voll dahinter, also bin ich mir ziemlich sicher, dass sie weiter suchen werden. Und falls nicht, dann übernehmen eben wir", meinte Heath.

Vivis blaue Augen wanderten zu den seinen. Sie hielt seinem Blick einen langen Augenblick stand, bevor sie das Gummiband löste, das sie fest um ihren Finger gewickelt hatte. „Gut", antwortete sie leise.

KAPITEL DREI

Ein paar Tage später setzte Vivi die Pfingstrose vorsichtig in das Loch, das sie im Blumenbeet ausgehoben hatte. Nachdem sie die Erde darüber gesiebt hatte, verteilte sie Mulch darauf und goss die Pflanze. Anschließend erhob sie sich und klopfte die lose Erde von ihren Arbeitshandschuhen ab. Nachdem sie einen Schritt zurückgetreten war, betrachtete sie ihre Arbeit. Sie hatte die Beete rund um das Haus gemulcht und bepflanzt. Das machte sie am liebsten, da sie Blumen liebte und es genoss, wenn die Kunden ihr freie Hand ließen, sich künstlerisch auszutoben. Es würde noch ein oder zwei Jahre dauern, bis sich die Blumen eingewöhnt hatten und ausreichend gewachsen waren, um die Fläche zu füllen.

Sie wandte sich ab, suchte ihre Werkzeuge zusammen und legte sie in die Schubkarre. Wenig später stieg sie die Treppe zu ihrer hinteren Veranda hinauf und ließ sich in einen Stuhl an einem kleinen runden Tisch fallen. Bei schönem Wetter verbrachte sie viel Zeit hier draußen. Von der Veranda aus blickte sie auf ihren Garten, der den ganzen Sommer über in immer neuen Farben erblühte. Sie zog ihre staubigen Stiefel aus und streckte ihre Beine aus. Jax sprang auf das Geländer und schritt hinüber zum Tisch neben Vivi.

„Hey Jax!" Sie streckte ihre Hand aus, und Jax rieb sich prompt den Kopf daran, wobei sein Schnurren wie ein lautes Grummeln klang.

Als er hörte, wie ein Eichhörnchen auf einen Baum in der Nähe huschte, hob Jax den Kopf. Vivi erhob sich. „Das kannst du dir gleich aus dem Kopf schlagen", murmelte sie zu Jax.

Dann strich sie ihm mit der Hand über den Rücken und steuerte das Badezimmer an, um heiß zu duschen. Während sie durch das Wohnzimmer zurück in die Küche ging und sich die Haare mit einem Handtuch abtrocknete, hörte sie, wie ein Auto in ihre Einfahrt einfuhr. Sie trat ans Fenster und schaute hinaus. Gerade stieg Heath aus seinem schwarzen Truck. Ihr Herz setzte einen Schlag aus und begann dann zu rasen. Hitze durchflutete sie. Irgendwie, sie wusste nicht genau wie, hatte sie es geschafft, die Gedanken an ihren Kuss zu verdrängen. Allein die Vorstellung davon war schon fast zu viel für sie. Jedes Mal, wenn ihre Gedanken auf die Erinnerung stießen, schreckte sie zurück.

Sie fragte sich, warum er hier war, aber sie hatte nicht viel Zeit, sich darüber Gedanken zu machen. Schon lief er die Stufen zur hinteren Veranda hinauf. Sie traf ihn an der Tür, wo Jax sich um Heaths Knöchel schlängelte. Seine Augen blitzten und er lächelte langsam, als sie die Fliegengittertür öffnete. „Ich kann mich gar nicht erinnern, dass du eine Katze hast."

„Das ist Jax. Julianna hat ihn als kleines Kätzchen im Park gefunden, als er heulend durch die Gegend geirrt ist. Sie hat ihn in ihrem Rucksack nach Hause getragen." Vivi zuckte mit den Schultern. „Das war vor einem halben Jahr. Eigentlich ist er immer noch ein Kätzchen."

Heath schaute zu Jax hinunter, der am Schnürsenkel von Heaths Stiefel zupfte. Sein leises Glucksen jagte ihr einen Schauer über den Rücken. „Stimmt." Dann wurde sie von seinem Blick aus seinen grünen Augen gefangen genommen. „Darf ich reinkommen?"

Ihr Atem ging flach, als sie nickte. Sie versuchte, die Fragen zu verdrängen, die ihr durch den Kopf schossen. *Warum ist er überhaupt hier? Was hat er vor?* Sie war völlig durcheinander und wollte eigentlich gar nicht, dass er bei ihr zu Hause vorbeikam. Einige Sekunden vergingen. Heath neigte seinen Kopf zur Seite. „Also, äh, soll ich wieder gehen?"

„Oh. Nein! Komm doch rein", antwortete sie schnell und unbeholfen. Sie trat einen Schritt von der Tür zurück und hielt sie auf. Jax flitzte hinein. Heath folgte in einem gemächlicheren Tempo. Dann ließ Vivi die Tür zufallen und trat an den Tresen. Sie kannte Heath schon ihr ganzes Leben lang, aber sie hatte keine Ahnung, wie sie sich in diesem Augenblick verhalten sollte. Er war schon oft bei ihr zu Hause gewesen, allerdings meistens mit Sophia. Tatsächlich konnte sie sich an kein einziges Mal erinnern, an dem er alleine vorbeigekommen war. Sie krümmte ihre Hände um die Kante des Tresens und sah zu ihm hinüber.

Er stand am Küchentisch. Jax stand auf einem Stuhl an seiner Hüfte und rieb seinen Kopf an Heaths Hand. Wie immer war Jax' Schnurren im ganzen Raum zu hören. Heath hob seinen Blick. Seine Mundwinkel verzogen sich zu einem Lächeln. „Der Kleine schnurrt ja verdammt laut."

Seine Bemerkung löste die Anspannung in ihr und sie musste leise lachen. „Das kann man wohl sagen. Wenn er bei Julianna schläft, schnurrt er so laut, dass ich gar nicht glauben kann, dass sie dabei überhaupt schlafen kann."

„Wie geht es Julianna?"

„Ganz gut. Sie mag ihre neue Lehrerin dieses Jahr, was ein Glück ist, da sie mit ihrer Lehrerin in der ersten Klasse nicht so gut zurechtgekommen ist."

„Ach nein? Dabei ist sie doch so unkompliziert. Das kann ich mir kaum vorstellen."

„Sie ist schon umgänglich, aber sie hat auch eine sture Ader. Das hat dazu geführt, dass sie auf eine Lehrerin getroffen ist, die nicht viel Geduld mit Julianna hatte. Ich war ständig damit beschäftigt, zwischen ihr und der Schule zu vermitteln. Das letzte Jahr war für uns beide eine Lernerfahrung. Sie hat die erste Klasse überstanden und ich habe gelernt, wie man am besten mit der Schule klarkommt." Vivi schüttelte den Kopf und grinste reumütig. „Ich hatte eigentlich angenommen, ich würde mit Schule nie wieder etwas am Hut haben, nachdem ich meinen Abschluss gemacht hatte. Niemand sagt einem, dass das alles wieder von vorne anfängt, sobald man ein eigenes Kind hat."

Heath grinste. „Es hat dir nie etwas ausgemacht, ein wenig Wirbel zu machen. Du bist eine tolle Mutter. Du kommst damit schon klar, egal was auf Julianna zukommt."

Sie errötete und wandte ihren Blick von ihm ab. „Ich tue mein Bestes, aber das ist schwieriger, als ich je gedacht hätte." Dann holte sie tief Luft und hob ihren Blick wieder.

„Das glaube ich dir aufs Wort." Sein Grinsen verblasste und seine Stimme klang rau. Er streichelte

Jax noch einmal und machte drei lange Schritte durch den Raum, bevor er vor ihr innehielt.

Ihr Herz machte einen heftigen Satz und ihr blieb die Luft weg. Er trug ein graues Baumwollshirt, dessen Stoff ausgeblichen und weich war und sich an seine muskulöse Brust und Bauchmuskeln schmiegte. Ein Jahrzehnt bei den Marine Special Forces hatte seinen Körper gestählt. Selbst nach einem Jahr, in dem er nach seinem Autounfall körperlich angeschlagen war, strahlte er immer noch pure Stärke und Männlichkeit aus. Sie wusste zwar, dass er während seiner Zeit beim Militär viele Schlachten geschlagen hatte, aber sie glaubte, dass der persönliche Kampf, den er im letzten Jahr durchgestanden hatte, ihn körperlich und geistig in einer Weise geprägt hatte, wie das noch nie zuvor der Fall gewesen war.

Er räusperte sich. „Also, äh, wir hatten seit neulich Abend keine Gelegenheit mehr, uns zu unterhalten."

Irgendwie schaffte sie es, zu nicken, obwohl ihr Puls rasend schnell war und sie kaum noch Luft bekam. Nachdem einige angespannte Sekunden vergangen waren, räusperte sich Heath erneut. Sie spürte, wie ihr die Hitze über den Hals und auf die Wangen stieg.

Sie rang nach Worten. „Ich, äh, weiß nicht so recht, was ich dazu sagen soll." Augenblicklich ärgerte sie sich über sich selbst. Er hatte sie immer schon ganz durcheinander gebracht, aber bevor er sie geküsst hatte, hatte sie sich immer zusammenreißen können. Sie sah sich selbst gern als starke Frau, die nicht wegen eines Mannes innerlich ausrastete. Aber Heath übte diese seltsame Wirkung auf sie aus, bei der sie sich gleichzeitig verletzlich und stark fühlte, hin und her geworfen von Wünschen, Träumen, Hoffnungen ... und purer Lust.

Heath nickte, seine Augen waren auf sie gerichtet. Er verharrte mehrere Sekunden lang still, bevor er sich zielstrebig auf sie zubewegte. Mit einem Schritt war er plötzlich nur noch einen Hauch von ihr entfernt. Er hob eine Hand und strich ihr eine feuchte Locke aus dem Gesicht und steckte sie hinter ihr Ohr. Ihre Haut kribbelte unter seiner Berührung. Dann legte er den Kopf schief und seine Augen verdunkelten sich. Es schien, als wolle er ihr die Gelegenheit geben, etwas zu sagen. Die Luft wurde schwer vor Verlangen. Sie war kaum in der Lage, das Donnern ihres Herzens zu überhören, weil sich ihr Bauch zusammenzog, und wartete. Da schmiegte er seinen Mund an den ihren. Ein lustvolles Schaudern durchfuhr sie in der Sekunde, in der seine Lippen die ihren trafen. Er fuhr mit seiner Zunge an ihnen entlang, bevor er auf ihr Keuchen hin in sie eindrang. Seine Zunge streichelte die ihre, während er eine Hand in ihr Haar schob, ihren Nacken umfasste und ihren Kopf zur Seite neigte.

Sobald er seine Lippen von ihren löste, war sie innerlich völlig aufgewühlt. Er verteilte einige leidenschaftliche Küsse auf ihrem Hals. Das Verlangen stachelte sie an, und sie wölbte sich ihm entgegen, während sie das Gefühl seiner harten, erhitzten Erektion an ihren Hüften genoss. Er knurrte gegen ihre Haut, als sie ihre Hüften in ihn stemmte. Ihr Kanal pochte und Feuchtigkeit überflutete sie. Dann wanderte er mit seinen Lippen weiter nach unten, in die Vertiefung zwischen ihrem Hals und ihrer Schulter. Ihre Haut war so zart und empfindsam, dass sie sich ein leises Stöhnen nicht verkneifen konnte, als er dort leicht hineinbiss.

Seine Hand wanderte weiter nach unten, fuhr wie unter Strom über ihre Wirbelsäule und umfasste ihren Po. Er stöhnte gegen ihre Haut. Nachdem sie geduscht hatte, hatte sie sich ein dünnes Baumwollhemd übergeworfen, das lediglich mit ein paar Knöpfen zwischen ihren Brüsten geschlossen war. Seine Lippen bahnten sich ihren Weg in das Tal dort. Mit einem groben Ruck seiner freien Hand löste er die Knöpfe. Ihre Brustwarzen waren fest und drückten gegen den dünnen Stoff. Er fackelte nicht lange und zerrte das Shirt nach unten, um eine Brust freizulegen. Dabei hob er seinen Kopf nur leicht an. Sie riss die Augen auf und stellte fest, dass er auf sie wartete – heiß und dunkel. Einen Moment lang fühlte sie sich unglaublich nackt und ausgeliefert. All die Sehnsucht, die sie bis dahin verborgen hatte, war nun für ihn zu sehen, denn nun konnte sie sie nicht mehr verbergen.

Er schüttelte den Kopf, so unmerklich, dass es kaum wahrnehmbar war. „Tu das nicht", flüsterte er. Die Frage in ihren Augen musste sich wohl abgezeichnet haben. „Zweifle nicht daran", fügte er mit rauer Stimme hinzu.

Er neigte seinen Kopf erneut, als sich seine Handfläche um ihre Brust schloss. Er fuhr mit dem Daumen über ihre pralle Brustwarze. Sie konnte sich kaum aufrecht halten, so aufgewühlt war sie von dem Gefühl, das in ihr aufstieg. Sein starker Arm war um sie geschlungen, seine Handfläche umschloss immer noch ihren Po und hielt sie an sich gedrückt. Ohne dass er sie festgehalten hätte, wären ihre Knie eingeknickt, als sich seine Lippen um ihre Brustwarze geschlossen hatten. Er umspielte ihre Brustwarze mit seiner Zunge und zog sie in seinen Mund. Daraufhin bäumte sie sich in seiner Umarmung auf und ihr Atem kam in flachen Zügen. In einer entfernten Ecke ihres Geistes hörte sie, wie der Schulbus draußen mit einem leisen Quietschen anhielt. Doch sie schenkte dem Geräusch keine Beachtung und ließ ihre Hände über

Heaths Rücken gleiten, während sie sich an der Spannung seiner Muskeln unter ihren Händen erfreute.

Das Geräusch von Füßen, die die Einfahrt entlangliefen, rüttelte sie wach. Heath löste seine Lippen von ihrer Brust und zog sofort ihr Shirt wieder zurecht, bevor er die wenigen Knöpfe hastig schloss. Ihre Gedanken waren benebelt vor Verlangen und sie musste heftig den Kopf schütteln, um sich zusammenzureißen. Julianna stürmte gerade die hintere Treppe herauf.

„O Gott", flüsterte Vivi, richtete hastig ihr Shirt und fuhr sich mit der Hand durch die zerzausten Haare.

Sie sah zu Heath hinüber, der einen Schritt zurücktrat, um Abstand zwischen ihnen zu schaffen. Kühle Luft strömte über ihre Haut und linderte die Hitze in ihrem Inneren. Einen Augenblick lang war sie wie betäubt. Sie hörte Julianna mit Jax reden. Er musste durch die Fliegengittertür auf die Veranda gehuscht sein. Der Augenblick gab Vivi genug Zeit, um die letzten Reste ihrer Selbstbeherrschung wiederzuerlangen. Sie schnappte nach Luft und blickte zu Heath auf. Bevor sie jedoch noch etwas sagen konnte, schwang die Fliegengittertür auf und Julianna kam herein. Heath trat noch einen Schritt zurück, wandte sich geschmeidig um und stützte sich mit den Hüften am Tresen ab.

„Hey Mom!", rief Julianna, stellte ihren Rucksack an der Tür ab und rannte los, um ihre Arme um Vivis Taille zu schlingen. Julianna war kaum zur Ruhe gekommen, als sie ihre Arme sinken ließ und zum Kühlschrank schritt, um ihn zu öffnen. Sie schnappte sich eine Saftpackung und drehte sich um. Erst dann schien sie Heath zu bemerken, der unbemerkt wartete.

„Heath!" Julianna sprang von ihrem Platz auf und stürzte sich auf ihn. „Ich habe doch nicht gewusst, dass du vorbeikommen würdest", rief sie, während sie sich von ihm löste und zu ihm aufsah.

Liebevoll zupfte Heath an ihrem Zopf. „Ich bin vorbeigekommen, um deine Mom zu begrüßen, und jetzt darf ich dich auch noch sehen."

Vivi fand, dass er viel mehr getan hatte, als sie lediglich zu begrüßen. Sie beobachtete, wie Julianna den Strohhalm in ihre Saftpackung steckte. Sie plauderte mit Heath, drehte ihren Zopf in der einen Hand und nippte mit der anderen an ihrem Saft. Vivi wurde ganz warm ums Herz. Heath war die meiste Zeit von Juliannas ersten sieben Lebensjahren weg gewesen, aber Julianna hatte ihn immer als eine Art Familienmitglied betrachtet. Seit er seit einem Jahr wieder zu Hause war, war er oft genug da gewesen, um Juliannas Bindung zu ihm zu vertiefen.

Vivi fragte sich unweigerlich, wie es wohl wäre, wenn Heath ein Vater für Julianna wäre. Doch dann verdrängte sie diesen törichten Wunsch sofort wieder aus ihrem Kopf. Das konnte sie nicht zulassen. Vivi durfte sich nicht ausmalen, wie es wohl wäre, wenn Julianna einen Vater hätte, der sich um sie sorgte, denn dann würde sie sich Heath noch mehr wünschen, als sie das ohnehin schon tat. Eigentlich hatte Julianna ja schon einen Vater. Er war bloß nicht in ihrer Nähe. Im Grunde war Chris nichts weiter gewesen als ein Samenspender. Vivi versuchte, sich daran zu erinnern, wann sie das letzte Mal von Chris gehört hatte. In den ersten Jahren nach Juliannas Geburt hatte er hin und wieder angerufen und war ab und zu vorbeigekommen. Allerdings hatte er Julianna nicht ein einziges Mal im Arm gehalten, als sie noch ein Baby gewesen war. Danach war er aus Painter weggezogen, und sie hatte seitdem nichts mehr von ihm gehört. Chris war für sie ein chaotischer Wirbelwind gewesen. Er war in die Stadt gerauscht, so ganz neu und so anders. Damals hatte sie bis zum Umfallen gearbeitet, um ihre Landschaftsgärtnerei zum Laufen zu bringen, und sich gefragt, ob sie jemals jemanden kennenlernen würde, bei dem sie sich so lebendig fühlen würde wie bei Heath.

Bei Chris hatte sie das scheinbar alles gefunden, aber erst im Nachhinein hatte sie erkannt, dass die ganze Sache nur oberflächlich gewesen war. Sobald irgendetwas Konkretes geschah, wie zum Beispiel ihre Schwangerschaft, war die funkelnde Oberfläche ihrer Beziehung schnell abgestumpft. Chris hatte einen Hang zu Spaß, Leichtigkeit und Unbeschwertheit. Außerdem vertrat er die Ansicht, dass Shifter Freiheit brauchten. Eine feste Beziehung und Verantwortung für Kinder waren für ihn wie Fesseln. Sie vermutete, dass er ein paar Mal mit dem Gesetz in Konflikt geraten war, aber das wusste sie nicht. Sie dachte nicht gerne darüber nach, aber er hatte sich hier und da mit Nelson Weaver getroffen. Als sie das erste Mal von den dumpfen Gerüchten über Shifter, die Drogen schmuggelten, hörte, musste sie sofort an Chris denken. Ihm hätten der Nervenkitzel und das schnelle Geld gefallen. Selbst jetzt brachte sie nicht den Mut auf, Sophia gegenüber davon zu sprechen. Sie ging davon aus, dass sie es irgendwann selbst herausfinden würde, falls er darin verwickelt war. Vielleicht aber auch nicht. Ihr ging es nur darum, das Netzwerk aus Painter zu vertreiben. Sie hatte schon zu oft gesehen, wie viel Schmerz es verursachte.

Sie schüttelte den Kopf und lenkte ihre Gedanken von Chris ab. Julianna schnappte sich eine Banane von der Theke. Sie schaute zu Heath auf. „Bleibst du zum

Abendessen? Mom macht knusprige Makkaroni mit Käse."

Heaths Blick wanderte von Julianna zu Vivi und seine Augenwinkel zuckten bei seinem Lächeln. Dann zog er eine Augenbraue hoch. Vivi zuckte mit den Schultern. Sie hätte ihn gerne zum Essen eingeladen, aber sie hatte auch ein wenig Angst, weil sie nicht genau wusste, was das für sie bedeutete. Bevor sie einander zum ersten Mal geküsst hatten und jetzt erneut, hätte sie ohne weiteres Ja gesagt. Vielleicht hätte sie ihr Begehren im Zaum halten müssen, aber Heath war wie ein Familienmitglied. Aber derart aufgewühlt von der Lawine der Gefühle, die Heath ausgelöst hatte, wollte sie vermeiden, dass Julianna dachte, etwas sei nicht in Ordnung. Würde sie allerdings ablehnen, würde Julianna sich fragen, warum. Heaths Blick war immer noch auf sie gerichtet, während Julianna sie erwartungsvoll ansah. Vivi nickte, und Heath wandte sich wieder an Julianna. „Ich würde gerne zum Essen bleiben. Wie wäre es, wenn du mir mal verrätst, was knusprige Makkaroni mit Käse sind?"

Nach einem Bissen von ihrer Banane erklärte Julianna. „Mom macht sie in der Pfanne, dann wird der Käse ganz knusprig. Ich liebe es, wenn der Käse leicht verbrannt ist, deshalb hat Mom angefangen, sie so zu machen. Magst du auch angebrannten Käse?"

Vivi unterdrückte ein Lachen über Juliannas Frage. Doch Heath nickte nur. „Ja, ich mag angebrannten Käse. Deine Mom ist wirklich raffiniert, dass sie sich das ausgedacht hat. Klingt, als wäre der Käse durch und durch knusprig und nicht nur an den Rändern."

Julianna nickte begeistert und ein breites Lächeln breitete sich auf ihrem Gesicht aus. „Stimmt! Das ist das Beste. Fast der ganze Käse wird knusprig!" Sie aß ihre Banane zu Ende und stand auf, um die Schale in den Komposteimer unter der Spüle zu werfen. Nachdem sie den Deckel vorsichtig aufgesetzt hatte, wirbelte sie herum. „Mom, kann ich ein bisschen nach draußen gehen?"

„Natürlich. Falls du mit dem Fahrrad unterwegs bist, kennst du die Regeln. Trag deinen Helm und bleib von der Hauptstraße weg. Und sei in einer Stunde zurück, klar?"

Julianna nickte schnell. „Jawohl!" Damit raste sie an ihnen vorbei. Die Fliegengittertür knallte hinter ihr zu. Vivi konnte sehen, wie sie sich ihren Fahrradhelm schnappte, bevor sie die Verandatreppe hinunterlief. Wie automatisch schritt Vivi durch den Torbogen ins Wohnzimmer und sah Julianna dabei zu, wie sie ihr Fahrrad die Auffahrt hinunterrollte und dann aufstieg. Sie fuhr schon seit ihrem vierten Lebensjahr Fahrrad. Seit etwa einem Jahr hatte sie die Stützräder abgelegt und war stolz darauf, allein fahren zu können. Vivi lebte aus vielen Gründen gern in Painter, unter anderem, weil es eine sichere Gemeinde war. Die Nachbarn passten aufeinander auf. Vivi kannte die meisten ihrer Nachbarn und fühlte sich sicher, wenn Julianna sich in der Umgebung herumtrieb. Erst in den letzten Jahren hatte sie sich ein paar Mal Sorgen gemacht, als das Schmuggelnetzwerk der Shifter aufgeflogen war. Sie wusste zwar, dass sich die beteiligten Shifter versteckt hielten, aber ihre Sorge rührte daher, was es überhaupt bedeutete, solche Shifter unter sich zu haben. Aber seitdem es in den letzten sechs Monaten zu mehreren Verhaftungen gekommen und Nelson abgehauen war, hatte sich die Lage deutlich beruhigt.

Sie spürte, wie Heath an ihre Seite trat. Seine Energie war so stark, dass sie sie unmöglich ignorieren konnte. Sie atmete langsam ein und behielt Julianna im Auge, während diese die Straße entlang radelte. Ihr lilafarbener Helm war wie ein leuchtender Punkt, als sie die Straße hinunterfuhr.

„Bist du sicher, dass es dir nichts ausmacht, wenn ich zum Abendessen bleibe?", fragte Heath mit rauer Stimme.

Vivi steckte ihre Hände in die Taschen ihrer Jeans und ließ ihren Blick zu Boden sinken. Der Parkettboden war vom jahrelangen Gebrauch ziemlich abgenutzt. Sie fuhr mit ihren nackten Zehen über eines der Bretter. „Natürlich macht es mir nichts aus. Ich würde mich freuen, wenn du bleibst." Dann blickte sie auf und sah ihm in die Augen. „Julianna wird es gefallen. Sie liebt Gäste und du bist für sie wie ein Familienmitglied. Außerdem scheinst du verbrannten Käse genauso zu mögen wie sie", meinte sie mit einem leisen Lachen. Dann wandte sie sich ab und machte sich an der Spüle zu schaffen, während ihr Bauch heftig flatterte und Hitze durch ihre Adern schoss.

KAPITEL VIER

Heath stieg nach unten, wobei die Edelstahlleiter bei jedem Schritt nachgab. Er hielt inne, um seinen Werkzeuggürtel zu richten. Als er unten angekommen war, warf er die kleine Tasche, die er bei sich trug, zu Boden. Er befand sich in Daniels altem Bauernhaus und half, das Dach zu reparieren. Daniel hoffte, das Haus bald so weit in Schuss zu haben, dass er und Sophia dort einziehen konnten. Heath stieg von der Leiter und begab sich auf die andere Seite des Hauses, wo Daniel gerade arbeitete.

„Das Dach ist so weit fertig", rief Heath zu Daniel hinauf.

Daniel stand auf einer Leiter und war damit beschäftigt, im zweiten Stock das Fenster wieder einzubauen. Nachdem er mit dem Bohren fertig war, griff er durch das offene Fenster, um die Bohrmaschine abzustellen, und warf einen Blick über seine Schulter. „Hier ist auch alles fertig. Gib mir nur noch eine Sekunde." Er stieg herunter und schlenderte über den Rasen an Heaths Seite. „Meinst du, wir haben alle undichten Stellen im Dach ausgebessert?"

Heath nickte. „Ja. Heute haben wir auch das letzte Stück abgedichtet. Ihr braucht euch mindestens fünf Jahre lang keine Sorgen zu machen, bevor ihr das Dach erneuern müsst. Ich schätze, dass deine Großeltern die Schindeln vor etwa fünfzehn Jahren ersetzen haben lassen. Hätte Nelson das Haus nicht verkommen lassen, hättest du vielleicht noch ein paar gute Jahre gehabt. Über kurz oder lang wird es mit den Ausbesserungen nicht getan sein."

Daniel zuckte mit den Schultern. „Für den Moment reichen sie." Seine blauen Augen suchten die Rückseite des weitläufigen Bauernhauses ab. „Mit deiner Hilfe kann ich das Haus für den Winter herrichten. Meinst du, Sophia ist einverstanden, hierherzuziehen?"

Heath warf einen Blick auf Daniel und dachte daran, wie er in dem Augenblick, in dem er Daniel gesehen hatte, sofort gewusst hatte, dass er der Richtige für seine Schwester war. Daniel war groß und dunkelhaarig und hatte eine ruhige, zurückhaltende Art. Heath fing seinen Blick auf. „Soph wird es hier gefallen. Warum machst du dir solche Sorgen?"

„Sie liebt ihr kleines Haus. Es liegt gleich um die Ecke von Vivi, und sie kann zu Fuß zum Mile High laufen. Hier ist es zwar auch nicht allzu weit in die Stadt, aber sie wird nicht zu Fuß zur Arbeit gehen."

„Soph weiß zu schätzen, was sie momentan hat und was sie hier draußen haben wird. Du kennst ja das Haus unserer Eltern. Wir sind an einem Ort aufgewachsen, der diesem sehr ähnlich ist. Soph liebt es, mitten in der Natur zu sein. Sie kann gar nicht aufhören, über den Garten zu reden, den sie hier geplant hat. Entspann dich. Sie möchte doch einfach nur mit dir zusammen sein."

Daniel sah ihm einen Augenblick lang in die Augen

und nickte entschlossen. „Ich höre auf, mir Sorgen zu machen. Aber diese ganze Sache ist noch ziemlich neu für mich."

Heath gluckste. „Mach dir keine Sorgen. Aber du kannst mir schon glauben. Soph liebt dich."

Damit wandte sich Heath ab und kehrte zur Vorderseite des Hauses zurück. „Ich schnappe mir jetzt mein Werkzeug und mache mich auf den Weg. Ich muss noch bei der Bank vorbei, bevor sie heute schließt."

Daniel folgte ihm zur Vorderseite des Bauernhauses und blieb bei Heaths Truck stehen. „Nochmals vielen Dank, dass du mir bei den ganzen Reparaturen hilfst. Alleine hätte ich das alles nicht geschafft."

„Gern geschehen. Wenn du Hilfe brauchst, kannst du mir das jederzeit sagen. Du gehörst zur Familie."

Heath startete seinen Truck und legte den Gang ein, um zurückzufahren. Dabei warf er einen Blick zurück zu Daniel. „Ich kann morgen Nachmittag wiederkommen, wenn du Hilfe mit den restlichen Fenstern brauchst." Daniel tauschte nach und nach alle alten, einfach verglasten Fenster gegen neue, isolierte Fenster aus. Alte Bauernhäuser wie dieses waren ohne solche Fenster und andere Erneuerungen kaum vernünftig zu beheizen.

„Das wäre toll. Aber nur, wenn du die Zeit dazu hast."

„Sonst würde ich es dir ja nicht anbieten."

Daraufhin fuhr Heath zurück und machte sich auf den Weg in die Stadt. Auf der kurzen Fahrt überlegte er, warum er eigentlich so viel Zeit hatte, Daniel zu helfen. Vor anderthalb Jahren war er noch ein angesehener Marine gewesen. Er nahm an, dass er das immer noch war, obwohl es ihm schwerfiel, sich daran zu erinnern, wie es sich angefühlt hatte, sich dieser Auszeichnung würdig zu fühlen. Er war nach der Highschool direkt zu den Marines gegangen. Er konnte sich nicht mehr genau daran erinnern, was er eigentlich vorgehabt hatte, aber als er einmal angefangen hatte, kletterte er schnell die Beförderungsleiter hinauf und landete schließlich bei der Ausbildung zu den Special Forces. In den fünf Jahren bei den Special Forces fühlte er sich wohl. Er liebte die Verantwortung und konnte gut unter Druck arbeiten. Vor eineinhalb Jahren war er für die Feiertage nach Hause gekommen, als der Autounfall schließlich sein Leben auf den Kopf gestellt hatte. Noch heute ist er erleichtert, dass er eine ehrenhafte Entlassung beantragt hatte, als ihm klar geworden war, wie lange seine Genesung dauern würde. Er konnte ja nicht ahnen, dass er in einen Nebel aus Schmerz und Sucht geraten würde.

Jetzt, wo er sein Leben wieder in den Griff bekommen hatte, musste er herausfinden, was er damit anfangen wollte. Bisher hatte er nur das getan, was ihm leichtgefallen war – hier und da einen Job am Bau annehmen. Er hatte schon immer gerne gebaut, weil die Arbeit mit seinen Händen ihn auf Trab hielt und er das Gefühl des Abschlusses genoss, wenn ein Projekt fertiggestellt war. Er hatte genug Geld gespart, um noch eine Weile über die Runden zu kommen, aber er schmiedete einen Plan, um mehr als nur Gelegenheitsjobs zu verrichten. Heute hatte er einen Termin, um einen Geschäftskredit für seine eigene Baufirma zu bekommen.

An der Main Street angekommen, bog er auf den Parkplatz der Bank ein. Das Mile High Grounds lag auf der anderen Straßenseite. Er blickte hinüber, während er auf den Eingang der Bank zusteuerte. Da sah er plötzlich Vivis langes dunkles Haar wehen, als sie durch die Tür trat. Sein Körper spannte sich an.

Heilige Scheiße. Er brauchte sie bloß von der anderen Straßenseite aus zu sehen, und es war, als würde sich ein Schalter in ihm umlegen.

———

Vivi nippte an ihrem Kaffee, während sie die Zahlen in ihr monatliches Buchhaltungssystem eingab. Sie hatte zwar einen Buchhalter, der ihr bei den Steuern half, aber die monatliche Abrechnung erledigte sie selbst. Sie verbrachte den späten Nachmittag im Mile High Grounds, ihrem bevorzugten Ort, um an diesem Teil ihres Geschäfts zu arbeiten. Als sie die letzte Zeile erreichte, klickte sie auf das Symbol für die Berechnung der Zahl. Sie würde herausfinden, ob ihre monatlichen Einnahmen mit ihren Ausgaben übereinstimmten und genug übrig blieb, um die Rechnungen zu bezahlen. Nach ein paar Sekunden atmete sie erleichtert auf. Sie würde mehr als genug haben, um ihre Rechnungen in diesem Monat zu bezahlen und etwas für den Winter beiseite zu legen.

„Hallo", rief Sophia, als sie mit einer Tasse Kaffee in der Hand auf den Stuhl gegenüber von Vivi rutschte. „Tommy macht dir ein Sandwich. Wie läuft's mit der Buchhaltung?"

Vivi drückte auf Speichern und blickte zu Sophia auf. Sophia hatte die gleichen fast schwarzen Haare und grünen Augen wie Heath. Sie war Vivis beste Freundin, so lange sie denken konnte. Beide waren sie in Painter geboren und aufgewachsen und hatten zusammen die Vorschule besucht.

„Alles ist erledigt und die Zahlen sehen gut aus. Genug, um den Monat zu überstehen." Vivi machte eine Pause und nahm einen weiteren Schluck Kaffee.

„Woher hast du eigentlich gewusst, dass ich hungrig bin?"

Sophia grinste. „Weil du dir normalerweise nicht die Mühe machst, zu Mittag zu essen. Ich habe Tommy gesagt, er soll dir das Paprika-Hummus-Sandwich machen."

Vivis Magen knurrte, was Sophia ein Kichern entlockte. „Offensichtlich bin ich tatsächlich hungrig", stellte Vivi mit einem schiefen Grinsen fest. Dann schloss sie das Buchhaltungsprogramm und verstaute ihren Laptop in der Tasche. „Wie läuft es denn so auf dem Bauernhof?"

„Viel zu tun, viel zu tun. Daniel ist jeden Tag da draußen. Er möchte, dass wir noch vor dem Winter einziehen können." Sophia strich über den Rand ihrer Kaffeetasse und kaute auf ihrer Lippe. „Ich werde es vermissen, bloß ein paar Häuser weiter von dir zu wohnen", sagte sie leise.

Vivi neigte ihren Kopf zur Seite. „Hey, erzähl mir jetzt bloß nicht, dass du dir deswegen irgendwelche Gedanken machst. Du bist doch gerade mal zehn Autominuten entfernt."

Sophia nahm einen Schluck Kaffee und lehnte sich in ihrem Stuhl zurück. „Das weiß ich ja, es sind nur zehn Minuten, aber ..."

Vivi unterbrach sie. „Kein aber! Klar, es ist toll, dass du gleich um die Ecke wohnst, aber wir können uns doch genauso oft sehen. Du wirst diesen riesigen Garten lieben! Und ich helfe dir beim Blumen pflanzen, wann immer du möchtest."

Sophia hielt Vivis Blick einen langen Augenblick lang fest. „Ich weiß, ich weiß. Ich bin so bescheuert."

„Nein, bist du nicht. Ich werde deine Nähe vermissen, aber das ist doch eine tolle Abwechslung. Du und Daniel werdet es da draußen lieben."

Sophia atmete tief durch und ihre Schultern entspannten sich, als sie ausatmete. „Es gibt nur zwei Sachen, die ich vermissen werde: auf dem Weg zur Arbeit bei dir vorbeizuschauen und zur Arbeit zu laufen. Ansonsten kann ich es kaum erwarten." Ein langsames Lächeln breitete sich auf ihrem Gesicht aus.

Vivi hob ihre Kaffeetasse, um darauf anzustoßen. Dabei spürte sie ein kleines Stechen in ihrer Brust. Sie war so froh, dass Sophia Daniel gefunden hatte, aber manchmal warf das auch ein Schlaglicht auf das, was sie in ihrem Leben nicht hatte – nämlich einen Mann, der sie anbetete und mehr als bereit war, sich auf ihr gemeinsames Leben einzulassen. In diesem Augenblick kam Tommy mit zwei Tellern an den Tisch.

„Sandwiches für euch beide", erklärte er und stellte die Teller mit einem Schwung ab. „Braucht ihr sonst noch etwas?"

Vivi warf einen Blick auf das großzügige Sandwich auf Sophias frisch gebackenem Mehrkornbrot. Sie schüttelte den Kopf. „Nein. Das hier ist genau das Richtige."

Tommy lehnte an der Wand neben ihrem Tisch. „Ich habe Soph versprochen, ein Umzugsteam für sie zu organisieren. Bist du dabei?", fragte er, seine warmen braunen Augen auf Vivi gerichtet.

„Natürlich! Aber du solltest lieber dafür sorgen, dass du viele deiner jungen Freunde mitbringst. Ich bin zwar eine tüchtige Arbeiterin, aber nicht annähernd so groß und stark wie du."

Tommy gluckste. „Schon dabei. Ich habe den Jungs von meinen Basketballspielen versprochen, sie mit Verpflegung und Kaffee für den Tag zu versorgen. Sie sind alle dabei."

Plötzlich ertönte die Klingel an der Tür und

Tommy schob sich von der Wand weg. „Ruft mich einfach, wenn ihr noch was braucht."

Sophia machte eine abwinkende Handbewegung. „Mach dir keine Sorgen um uns. Danke Tommy!"

Vivi stürzte sich auf ihr Sandwich. Nach ein paar Minuten blickte sie auf ihren fast leeren Teller und seufzte. „Oh Mann, das war so gut."

Auch Sophia kaute am letzten Bissen ihres Sandwiches. „Ich sterbe für Tommys Sandwiches, aber alles schmeckt doch nochmal so gut, wenn man hungrig ist." Sie schob ihren Stuhl zurück und streckte ihre Hand nach Vivis Teller aus. „Ich hole uns einen frischen Kaffee. Möchtest du ein Gebäck zum Nachtisch?"

Vivi reichte ihr den Teller. „Auf jeden Fall. Wie wäre es, wenn du das übernimmst und ich kümmere mich um den Kaffee?" Sie stand auf und schnappte sich ihre beiden leeren Kaffeetassen.

Sophia zuckte mit den Schultern und steuerte auf den Tresen zu, schlüpfte dahinter und verschwand im Hinterzimmer. Vivi folgte ihr und blieb vor dem Tresen stehen. Tommy warf ihr einen Blick zu. „Nachschub?", fragte er.

Als sie nickte, griff er nach den beiden Kaffeetassen und füllte sie schnell mit Filterkaffee aus der Kanne. „Warte, ich gebe noch ein paar Espresso-Shots dazu", rief er, während er sich an die Espressomaschine stellte.

Es klingelte wieder an der Tür und Vivi warf reflexartig einen Blick über ihre Schulter, als sie sah, dass Heath hereinkam. Ihre Körpermitte wurde schlagartig wach. Sie konnte ihren Blick nicht von ihm abwenden, als er sich durch den Laden bewegte. Er trug eine abgewetzte Jeansjacke und ausgeblichene Jeans mit braunen Arbeitsstiefeln aus Leder. Er nahm seine Sonnenbrille ab und steckte sie in seine Jackentasche. Vivi stockte der Atem, als sein Blick den ihren traf. Sie dachte an den Abend zurück, an dem er zum Abendessen geblieben war. Er war ein mustergültiger Gast gewesen. Bei einem Abendessen mit einer begeisterten Siebenjährigen, deren Neugierde kein Ende nehmen wollte, galten andere Maßstäbe. Er hatte Juliannas endlose Fragen während des Essens geduldig und freundlich ertragen und danach beim Aufräumen geholfen. Vivis Körper hatte die ganze Zeit über vibriert. Genau solche Abende wünschte sie sich öfter. Nicht nur, dass Heaths bloße Anwesenheit ihren Körper zum Flattern gebracht hatte, sondern auch, dass sie nicht ganz so allein in ihrer kleinen Welt war, sondern dass jemand anderes für die alltäglichen Dinge des Lebens da war.

Als es für ihn an der Zeit war zu gehen, hatte sie ihn zur Tür begleitet und er hatte sie mit einem weiteren seiner Küsse überrascht. Küsse, die sie langsam als Gefahr für ihr Leben ansah, denn sie brachten nicht nur ihren Körper ins Trudeln, sondern ließen ihr Herz auf Dinge hoffen, von denen sie nicht wusste, ob sie sie jemals mit Heath haben könnte.

Für ein paar Sekunden vergaß Vivi, wo sie waren. Gebannt von Heaths grünen Augen, fühlte sie, wie sich ihr Bauch zusammenzog.

„Hier, bitte", meinte Tommy, und seine Stimme durchbrach ihre Benommenheit.

Das Geräusch der Kaffeetassen, die über den Tresen glitten, brachte sie wieder zur Besinnung. Sie riss ihren Blick von Heath los und wandte sich dann wieder dem Tresen zu. Mit den Händen umschloss sie die Tassen und hob ihren Blick, um festzustellen, dass

Tommy sie mit einem kaum wahrnehmbaren Grinsen beobachtete. „Was?", fragte sie.

Seine Augen blickten über ihre Schulter, wo sie wusste, dass Heath sich näherte. „Wenn du gehofft hast, dass das niemandem auffällt, kannst du das gleich vergessen", erwiderte er und sein Grinsen wurde noch breiter.

Sie spürte, wie sich die Hitze in ihrem Nacken ausbreitete und kämpfte darum, ihre Fassung zu bewahren. Nach Luft schnappend sah sie kopfschüttelnd zu Tommy, der nur gluckste. Sie wünschte, das wäre alles nicht so offensichtlich, aber Heath kehrte ihr Innerstes nach Außen.

Heath erreichte den Tresen. „Hallo, wie geht's?", fragte er in die Runde und ließ seinen Blick zwischen ihr und Tommy hin und her springen.

Bevor Vivi antworten konnte, stürmte Sophia mit zwei Tellern in der Hand durch die Schwingtür aus dem hinteren Bereich. „Hey Heath!"

Heath blickte in ihre Richtung. „Hey Soph. Ich komme auf einen schnellen Kaffee."

„Was darf's denn sein?", fragte Tommy.

„Ich lass mich überraschen. Zum Mitnehmen", antwortete Heath. „Ich habe gleich einen Termin in der Bank."

„Alles klar." Tommy wandte sich ab und bereitete schnell Heaths Kaffee zu.

Vivi stand wie erstarrt da, die Hände um die beiden Kaffeetassen geschlungen. Sophia stellte Heath Fragen über die Arbeit am Bauernhaus. Es dauerte nur wenige Minuten, bis Tommy Heath den Kaffee reichte und Heath sich zum Gehen wandte. Kurz bevor er sich von der Theke entfernte, blieb sein Blick an ihrem hängen. Einen Augenblick lang dachte sie, er würde etwas sagen, aber er nickte nur. Sie sah ihm nach, und das Verlangen, ihn zu berühren, war so stark, dass sie die Kaffeetassen noch ein wenig fester umklammerte.

Da klang Sophias Stimme über ihre Schulter. „Ich habe zwei Zimtrollen für uns aufgewärmt. Ich weiß, das ist zwar kein Frühstück, aber die hast du doch am liebsten."

Vivi wandte sich entschlossen von der Tür ab. „Zimtschnecken sind klasse, vor allem mit Kaffee", antwortete sie und lenkte ihre Aufmerksamkeit von Heath ab, um sich wieder auf das Hier und Jetzt zu konzentrieren.

Sie folgte Sophia zurück zu ihrem Tisch in der Ecke. Dort knabberte sie an der Zimtrolle, die nahezu makellos war – weich, flockig und buttrig mit der ausgewogenen Mischung aus Zucker und Zimt. Nach einigen ruhigen Augenblicken räusperte sich Sophia. Vivi hob ihren Blick und sah, dass Sophia sie beobachtete. Sophia kannte sie besser als jeder andere. Vivi spürte, dass sie merken würde, wenn irgendetwas nicht stimmte. Sie rutschte auf ihrem Sitz hin und her und nahm noch einen Bissen von ihrer Zimtrolle.

„Also gut, ich frage dich das einfach. Was geht zwischen dir und Heath ab?"

Vivis Magen krampfte sich zusammen. Sie wusste nicht, wie sie ihre seit langem schlummernden Gefühle für Heath und die Tatsache, dass sie diese vor ihrer besten Freundin verheimlicht hatte, in Einklang bringen sollte. Es kam ihr gerade ziemlich ungelegen, dass Heath zufällig Sophias Bruder war. Sie griff nach ihrem Kaffee und nahm einen Schluck. „Was meinst du?"

Sophia warf ihr einen langen Blick zu und

verdrehte dann die Augen. „Also gut. Ich bin doch nicht blind. Immer, wenn ich euch in den letzten Monaten zusammen gesehen habe, war mir sonnenklar, dass da was läuft. Ich wollte ja nichts sagen, aber inzwischen ist es ganz offensichtlich. Wenn du dir Gedanken darüber machst, dass du nicht mit mir darüber reden kannst, weil er mein Bruder ist, dann ist das einfach nur bescheuert. Ich bin doch nicht eine von diesen übertrieben fürsorglichen Schwestern. Wenn irgendwas zwischen euch läuft, kannst du ja die Einzelheiten auslassen, aber ansonsten", sie hielt inne und zuckte mit den Schultern, „brauchst du nichts vor mir zu verbergen."

Der Knoten der Anspannung löste sich und Vivi atmete langsam ein. „Ich habe doch gar nicht versucht, irgendwas zu verbergen, zumindest nicht absichtlich. Ich habe nur nicht gewusst, wie ich mit dir darüber reden sollte, und ich weiß doch nicht mal, was überhaupt los ist." Sie setzte ihren Kaffee ab und fuhr sich mit der Hand durch die Haare, wuschelte durch die Strähnen und zwirbelte eine Locke um den Finger.

Sophia griff über den Tisch und drückte Vivis freie Hand. „Wie wäre es, wenn du damit aufhörst, immer sofort auf alles eine Antwort haben zu wollen?"

„Aber ..."

Sophia schüttelte den Kopf. „Hör zu, ich kenne dich doch. Du wirst noch total irre, wenn du jetzt versuchst, Antworten zu finden. Ich kann dir nur eines sagen: Geh einen Tag nach dem anderen an. Du kannst erzählen, was du willst, aber ich kenne diesen Blick in deinen Augen. Du bist doch kurz davor, überzuschnappen."

Vivi lächelte reumütig. „Ich weiß. Es ist ja auch nicht viel passiert, also besteht gar kein Grund, die Sache aufzubauschen. Es ist nur ..." Ihr Magen krampfte sich fast schmerzhaft zusammen, als sie an all den Raum dachte, den Heath in ihrem Herzen einnahm. So viel dazu, dass sie ihn vor all den Jahren hinter sich gelassen hatte. Es war nur so lange leicht, wie er nicht in der Nähe war. Dann sah sie zu Sophia hinüber, die grinste. „Was ist daran bitte so lustig?"

Sophia zuckte mit den Schultern. „Wenn du mich fragst, passen du und Heath hervorragend zusammen. Außerdem ist es ziemlich unterhaltsam zu sehen, wie du ein wenig aus der Fassung gerätst."

„Hey, das ist nicht fair!"

„Na klar. Als ich Daniel kennengelernt habe, hast du mir immer wieder eingebläut, ich solle ganz locker an die Sache rangehen und an die Möglichkeiten glauben. Warum befolgst du nicht deinen eigenen Rat?"

Da verflog die leichte Heiterkeit, die sich in Vivi breit gemacht hatte. „Weil es Heath ist. Es kann verdammt unangenehm werden, falls das Ganze nicht klappt. Falls sich etwas daraus entwickelt, oder auch falls wir versuchen, es zu verhindern. Falls, falls, falls."

Was Vivi nicht laut aussprach, war, dass sie nicht wusste, wie sie sich erlauben sollte, an irgendwelche Möglichkeiten zu glauben. Sie setzte nicht nur ihr Herz aufs Spiel, sondern auch das von Julianna. Es war schon schwer genug, sich fast jeden Tag daran zu erinnern, dass sie zu blind gewesen war, um Chris so zu sehen, wie er wirklich war. Sie konnte nicht riskieren, darauf zu hoffen, dass Heath der Vater sein würde, den Julianna nie gehabt hatte. Sie hatte ihr Herz für Chris aufs Spiel gesetzt und hatte dann mitansehen müssen, wie er es achtlos weggeworfen hatte. Er hatte behauptet, dass der Löwe in ihm es nicht ertragen hätte, in irgendeiner Weise an jemanden gebunden zu sein. Dieser Glaube war unter männlichen Shiftern nicht ungewöhnlich. Sie hatte zwar noch nie gehört, dass

Heath das behauptet hatte, aber sie war sich nicht so sicher, ob sie nicht doch mit dieser Möglichkeit rechnen sollte. Immerhin war die Wahrscheinlichkeit so verdammt hoch, dass sie sich wieder verletzlich machen würde, nur um dann festzustellen, dass es sich nicht lohnte.

KAPITEL FÜNF

Heath stellte seinen Werkzeugkasten hinten in den Truck und schloss den Deckel. Dann lehnte er sich gegen den Wagen und wartete auf Daniel. Sie hatten die letzten Stunden damit verbracht, einige Fenster im oberen Stockwerk des Bauernhauses zu ersetzen. Daniel räumte sein Werkzeug in die Garage und dann wollten sie sich auf den Weg machen, um die Gegend außerhalb der Stadt zu erkunden. Heath schaute sich im Garten um. Sophia hatte sich offensichtlich um die Blumenbeete am Rande der Veranda gekümmert, denn sie waren frisch gemulcht und das restliche Unkraut war verschwunden. Das Sonnenlicht brach durch die Bäume und tauchte das Gras in ein goldenes Licht. Es war früher Nachmittag und in der Luft lag noch die Wärme eines warmen Herbsttages. Blätter wirbelten zu Boden, als eine Böe durch das Tal wehte.

Heath lehnte seinen Kopf gegen den Truck, schloss die Augen und genoss die Stille. In seinen Gedanken tauchte sofort Vivi auf. Er hatte sich geschworen, es langsam angehen zu lassen, aber sein Löwe hatte da andere Vorstellungen. Nach dem Abendessen, als Julianna ins Bett gegangen war, hatte er das Verlangen, das ihn durchzuckt hatte, fest im Griff behalten müssen. Das Einzige, was ihn zurückgehalten hatte, war das Wissen, dass er die Sache nicht vermasseln konnte, weil ihm Vivi zu wichtig war. Beim Geräusch von knirschendem Kies schlug er seine Augen wieder auf.

Daniel blieb ein paar Schritte vor Heath stehen. „Bereit?"

Heath stieß sich von seinem Truck ab. „Los geht's. Fährst du mit mir?"

Ein paar Minuten später steuerte er über die kurvenreiche Schnellstraße durch die Berge. „Du musst mir sagen, wohin ich fahren soll", wandte er sich an Daniel. „Ich war zwar schon oft in dieser Gegend, aber ich kenne mich mit den alten Ländereien deiner Großeltern nicht aus."

„Bleib für gut fünfzehn Kilometer auf der Hauptstraße. Sobald wir den Fluss überquert haben, müssen wir nach einer alten Holzfällerstraße Ausschau halten. Du kennst dich hier auf jeden Fall besser aus als ich", meinte Daniel mit einem trockenen Lachen.

Nachdem Daniels Bruder vor Jahren gestorben war und er und seine Eltern aus der Stadt weggezogen waren, hatten seine Großeltern bei seinem Onkel, Nelson Weaver, gewohnt. Sie hatten ein großes und gewinnbringendes Holzunternehmen betrieben. Als ihnen klar wurde, dass die Zukunft von Nelson nicht gerade rosig aussah, legten sie in ihrem Testament fest, dass ihr Landbesitz an Daniel übergehen sollte. Nelson hatte genug Geld geerbt, um sein Leben zu bestreiten, aber er hatte es verprasst und sich dem Drogenschmuggel zugewandt, um schnelles Geld zu verdienen. Zum Aufbau des Schmuggelnetzwerks hatte er die alten Grundstücke seiner Eltern als Zwischenlager und Lieferstationen genutzt. Die Waldgrundstücke standen in der Regel leer, wenn sie nicht genutzt wurden. Nelson machte sich diesen Vorteil zunutze, ebenso wie die Tatsache, dass die Standorte der breiten Öffentlichkeit bekannt waren. Zudem hatte Daniel jahrelang nichts von seinem Erbe gewusst, bis er schließlich nach Painter zurückgekehrt war, um etwas über seine Familie zu erfahren. Die Ländereien, die Daniel nun besaß, erstreckten sich über ganz Colorado, in andere westliche Staaten und in den Mittleren Westen. In Colorado gab es nach wie vor Probleme mit dem Schmuggelnetzwerk, und jetzt war auch klar, warum. Da Nelson leichten Zugang zu so viel Land gehabt hatte, hatte er seine Shifter heimlich schmuggeln lassen können, ohne dass die Gefahr bestanden hätte, aufzufliegen.

Daniels Rückkehr nach Painter hatte das alles zu Fall gebracht und Nelson in den Mittelpunkt der Ermittlungen gerückt. Letzten Sommer war er der Festnahme entgangen, indem er bewusst einen Wasserfall hinuntergesprungen war. Ein riskantes Spiel, aber sie hatten noch keine Leiche gefunden – weder einen Mann noch einen Berglöwen –, also wurde angenommen, dass er noch am Leben und untergetaucht war. Heute setzten Heath und Daniel die Suche fort, die sie vor Monaten begonnen hatten. Sie blieben in Kontakt mit der örtlichen Polizei und suchten Grundstück für Grundstück nach Spuren von Nelson ab. Nun waren sie auf dem Weg zu einem der wenigen Gebiete, die sie noch nicht durchsucht hatten.

„Gibt es weitere Neuigkeiten von der Polizei?", fragte Heath.

Er blickte zu Daniel hinüber, der mit den Schultern zuckte. „Nicht wirklich. Ich melde mich alle paar Tage bei Roger. Aber es ist jedes Mal das Gleiche. Sie haben inzwischen fast jedes Grundstück durchsucht. Überall wurden Lager gefunden und sogar ein paar Drogenverstecke ausgehoben. Es sieht ganz so aus, als ob sie hauptsächlich mit Pillen und Heroin handeln würden. Roger glaubt, dass eines der Verstecke nahe der Grenze zu Montana aus dem breit angelegten Diebstahl beim dortigen Pharmakonzern stammt. Erinnerst du dich noch daran, was in den Nachrichten berichtet worden ist?"

„Du meinst die Typen, die ein Loch in das Dach eines dieser Läden geschnitten haben und eingestiegen sind, um Pillen im Wert von ein paar Millionen Dollar herauszuholen?"

„Genau die. Wie im Kino. Jedenfalls hat Roger gesagt, dass sie das Versteck den örtlichen Behörden übergeben haben – wie überall. Sie melden sich wieder, sobald sie die Sache geklärt haben. Unglaublich, wie viel Geld man damit machen kann."

Heath schüttelte den Kopf. Er war leider nur allzu vertraut mit der Menge an Geld, die man damit machen konnte, da er ja selbst so verzweifelt nach Schmerzmitteln gesucht hatte. Er konnte immer noch nicht glauben, dass er je so tief gefallen war. Ein Autounfall und monatelange unerträgliche Schmerzen hatten ihn an einen Punkt gebracht, den er sich nie hätte vorstellen können. Endlich wieder auf den Beinen zu sein, mit klarem Verstand und einem gesunden Körper, war selbst jetzt noch schwer vorstellbar. Im Nachhinein war er heilfroh, dass er bei dem Versuch erwischt worden war, die Pillen zu beschaffen, denn das hatte ihn wieder auf den richtigen Weg gebracht.

Daniels Stimme lenkte seine Gedanken zurück in die Gegenwart. „Hey, ich fürchte, wir sind gerade an der Straße vorbeigefahren."

Heath verlangsamte seinen Wagen und fuhr an den Straßenrand, um zu wenden. 'Wirklich? Ich habe gar nichts gesehen."

„Als ich gesagt habe, dass es eine alte Holzfällerstraße ist, habe ich damit gemeint, dass sie halb in den Bäumen versteckt und fast völlig zugewachsen ist", erklärte Daniel lachend.

Heath fuhr rückwärts und wendete schnell den Truck. In Sekundenschnelle sah er die kaum sichtbare Straße, die Daniel erwähnt hatte. Die Bäume gaben sofort nach, als der Truck durch die Öffnung fuhr. Sobald sie den Anfang der Straße hinter sich gelassen hatten, war sie weniger überwuchert. Der Truck schaukelte, als sie über die holprige Schotterstraße fuhren. „Wie weit möchtest du noch fahren, bevor wir mit der Erkundung beginnen?"

„Vielleicht noch anderthalb Kilometer oder so. Sollte Nelson hier draußen sein, wird er sich nicht in der Nähe des Highways aufhalten."

„Natürlich nicht. Die Polizei hat die Gegend doch schon abgesucht, oder?"

Daniel nickte. „Ja, aber das ist schon über einen Monat her. Sie haben das Lager geräumt, aber die Gebäude unberührt gelassen. Das haben sie auch in den umliegenden Gebieten versucht, weil sie vermuten, dass Nelson eher versuchen könnte, in der Nähe von Painter zu übernachten. Auch wenn sie die meisten der beteiligten Einheimischen verhaftet haben, hat er hier immer noch ein paar Freunde, die ihm helfen würden."

„Da bin ich mir sicher." Heath warf einen Blick voraus auf eine Lichtung am Straßenrand. Dieses Waldstück war anscheinend in den letzten zehn Jahren abgeholzt worden. Kleinere Bäume ragten bereits in die Höhe, aber es gab genug Platz zum Parken und Wenden. „Ich halte da vorne an."

Augenblicke später waren sie am Rand der halb gerodeten Fläche angelangt und betraten den dichteren Teil des Waldes. In stillem Einverständnis wandelten sie sich. Heath ließ die Kraft der Verwandlung auf sich wirken. Seine Haut kribbelte und sein Fell wogte über seinen Körper. Als er seine volle Löwengestalt angenommen hatte, hob er seine Nase und schnupperte. Berglöwen konnten im Gegensatz zu Menschen Gerüche aus großer Entfernung wahrnehmen. Er suchte nach dem unverwechselbaren Geruch von Mensch und Berglöwe. Doch im Augenblick nahm er lediglich den erdigen Geruch des Waldes und eine Ansammlung von Rehen in der Nähe wahr. Die Rehe würden sich zerstreuen, sobald sie die Anwesenheit von zwei Shiftern bemerkten. Löwenshifter jagten nur selten so wie wilde Berglöwen, weil sie das nicht nötig hatten. Da sie zwischen Menschen- und Löwengestalt wechseln konnten, jagten sie in der Wildnis nur, wenn ihr Überleben davon abhing, was selten der Fall war.

Daniel neben ihm streckte sich, bevor er losrannte. Heath hatte Gefallen daran gefunden, mit Daniel zu jagen. Zum einen fühlte sich Heath immer stärker, wenn er in Löwengestalt war. Dadurch wurde er wieder zu dem Mann und Shifter, der er vor seinem schweren Autounfall war − kräftig, überlegen und stolz. Außerdem förderte er dadurch den Instinkt seines Katers, zu erforschen und zu jagen. Und letztendlich festigte das Kennenlernen von Daniels Shifterseite Heaths Vertrauen in ihn als Partner seiner Schwester. Heath hielt sich als älterer Bruder nicht für übermäßig herrisch, aber er würde jeden Mann in Stücke reißen, der ihr das Herz brach. Bei Daniel wusste er, dass er nichts zu befürchten hatte.

Als sie nach Nelsons Verschwinden begonnen hatten, gemeinsam auf Erkundungstour zu gehen, hatten sie vereinbart, immer zusammen zu bleiben. Obwohl sie beide kräftige, überlegene Berglöwen waren, waren sie auch nicht dumm und wussten, dass Nelson nicht zögern würde, harte Bandagen anzulegen. Nelson hatte Daniel und Sophia fast in den Wasserfall hinter sich stürzen lassen, und Heath bezweifelte keine Sekunde lang, dass das volle Absicht gewesen war. Im Augenblick streiften Heath und Daniel durch den Wald und erklommen dabei immer höhere Berge in der Umgebung von Painter. Durch seine Lage in den Rocky Mountains bot Painter ein nahezu ideales Revier für Berglöwen, diese sehr zurückgezogen lebenden Großkatzen des Waldes. Das Gebirge war riesig und bot nur wenig Land, das für Menschen geeignet war. Daher gab es entlang der Bergflanken gewaltige felsige Waldgebiete. Dort konnten Shifter leben und tagelang sicher umherstreifen, wenn sie das wollten.

Momentan schlugen sich Heath und Daniel durch den Wald. Schließlich stießen sie auf eine alte Hütte. Der schwache Geruch von Mensch und Löwe lag noch in der Luft. Die Hütte war leer, aber auf dem staubigen Boden waren schwache Spuren zu sehen. Sie umkreisten die nähere Umgebung. Heath erstarrte, als er eine Bewegung in der Ferne wahrnahm. Daniel kam an seine Seite und sie zogen sich in den Schutz einer Tannengruppe zurück. Schweigend warteten sie.

Nach einigen langen Augenblicken sahen sie einen Berglöwen, der leise durch die Bäume schlich. Obwohl ihre Sicht eingeschränkt war, glaubte Heath nicht, dass es Nelson war. Er wusste jedoch aufgrund der Größe und des Geruchs, dass es sich um ein Männchen handelte. Der Löwe bewegte sich langsam und zielstrebig. Heath bemerkte Daniels Blick und schüttelte den Kopf. Daniel erwiderte mit einem unmerklichen Nicken, was Heaths Meinung bestätigte – dieser Löwe war nicht Nelson. Fürs Erste beobachteten sie einfach. Als der Löwe in der Ferne an ihnen vorbeikam, warteten sie noch ein paar Augenblicke, bevor sie ihm folgten. Das Licht wurde schwächer und der Tag ging in die Abenddämmerung über. Die Bäume warfen lange Schatten in den Wald und das verbleibende Licht der Sonne brach schräg durch die Bäume. Der Löwe machte sich auf den Weg zur Hütte. In der Nähe der kleinen Lichtung hielt er inne und hob die Nase. Blitzschnell drehte er seinen Kopf herum und rannte los. Heath und Daniel sprangen gemeinsam auf und hetzten ihm hinterher. Er hatte gerade genug Abstand zu ihnen, um fast sofort aus dem Blickfeld zu verschwinden.

Die kühle Luft zerzauste Heaths Fell, als er neben Daniel herlief. Sie schlängelten sich zwischen den Bäumen hindurch. Der Löwe bahnte sich einen verschlungenen Weg durch den Wald, dem sie nur aufgrund ihrer Fährte folgen konnten, bis sie den Fluss erreichten – denselben Fluss, dem Nelson einst über den Wasserfall in den Bergen gefolgt war. Sobald sie den Fluss überquert hatten, verlor sich die Spur des Löwen. Ohne einen Mucks wandten sie sich um und machten sich auf den Rückweg.

Als sie wieder in Heaths Truck saßen und in Richtung Farmhaus fuhren, warf Heath einen Blick zu Daniel hinüber. „So ein Mist. Wer auch immer das gewesen ist, jetzt, wo er uns gesehen hat, zieht er wohl weiter."

Daniel zuckte mit den Schultern. „Ich mache mir nicht allzu große Gedanken. Der Typ, den wir da gerade gesehen haben, wird irgendwo in der Nähe wieder auftauchen. Ich wette, dass er Nelson unterstützt. Er hätte doch keinen Grund gehabt, wegzulaufen, es sei denn, er hat etwas zu verbergen. Ich schließe aus, dass mein Onkel versuchen würde, irgendwo weit weg aufzutauchen und neu anzufangen. Dafür ist Nelson viel zu faul. Er riskiert lieber, in der Nähe zu bleiben und die wenigen Freunde, die er noch hat, zu benutzen, ihn mit Vorräten zu versorgen."

Heath unterdrückte das Knurren in seiner Kehle und schüttelte heftig den Kopf. „Verdammt! Es wäre so schön gewesen, den Shifter wenigstens einzuholen und herauszufinden, ob wir eine Spur finden können." Nachdem sie an der Spitze eines Hügels angekommen waren, bot sich ihnen ein herrlicher Ausblick. Painter lag eingebettet in einem Tal. Hinter der Stadt erhob sich ein Bergkamm. Die Sonne verschwand hinter den Bergen und warf goldene, orangefarbene und rote Strahlen in den Himmel über den Bergen.

„Ja, das wäre schön gewesen, aber unwahrscheinlich. Nelson ist ganz schön verschlagen. Nur so hat er es geschafft, sich so lange zu verstecken, und das Gleiche gilt für alle, die ihm helfen. Ich bin eher überrascht, dass der Shifter uns nicht schon früher gewittert hat. Wenn der Wind aus einer anderen Richtung gekommen wäre, hätte er das wahrscheinlich."

„Wie wahr, wie wahr." Heath seufzte, als er in die Main Street einbog. „Ich schätze, ich habe mir zu viel erhofft."

„Es ist ja nicht so, dass ich nicht auch gehofft hätte, aber ich bin nun mal unerbittlich realistisch. Oder vielleicht pessimistisch", meinte Daniel ironisch. „Vergiss nicht, mich am Bauernhaus abzusetzen."

Heath wurde unvermittelt langsamer, als er gerade an der Abzweigung zum Bauernhaus vorbeikam. Nachdem er Daniel abgesetzt hatte, machte er sich auf den Weg in die Innenstadt von Painter. Es ärgerte ihn, dass er den Shifter zwar gesehen, aber dann wieder aus den Augen verloren hatte. Dennoch wusste er, dass Daniel recht hatte. Selbst wenn sie Nelsons Aufenthaltsort ausfindig machen würden, würde er es ihnen nicht leicht machen und auch niemand, der Nelson helfen würde. Heath machte sich auf den Weg ins Quinn's. Er hatte keine Lust, heute Abend alleine in seiner Wohnung zu essen. Nachdem er an der gegenüberliegenden Straßenseite vom Quinn's geparkt hatte, ging er hinein. Wie immer war das Lokal stark besucht. Eine Kellnerin, die an ihm vorbeiraste, erblickte ihn und deutete mit einem Nicken in Richtung der Bar. „Wenn du nicht warten möchtest, könntest du dir einen Platz an der Bar suchen.“

Im vorderen Bereich wartete eine Traube von Kunden auf einen Sitzplatz. Heath schlängelte sich zwischen ihnen hindurch und steuerte auf die Bar zu. Dort ließ er sich auf einen Barhocker in der Ecke an der Wand fallen. Er freute sich darauf, heute Abend in Ruhe zu essen. Dann schnappte er sich die Speisekarte, die auf der Theke lag, und blätterte sie durch. Bei seinem Namen blickte er auf – direkt in Vivis strahlend blaue Augen.

KAPITEL SECHS

Vivi stand Heath an der Bar gegenüber und versuchte vergeblich, ihren Körper unter Kontrolle zu halten. Sein eindringlicher Blick aus seinen grünen Augen jagte ihr einen heißen Schauer über den Rücken. Sie schnappte sich ein Küchentuch und wischte damit unnötigerweise die Theke vor ihm ab. „Bist du zum Essen hier oder nur auf einen Drink?", fragte sie.

„Beides", antwortete er mit rauer Stimme.

„Möchtest du das Hausbier?" Da sie jede Kleinigkeit über ihn wusste, erinnerte sie sich, dass das seine übliche Bestellung war.

„Klar. Und einen Quinn's-Burger."

Sie wandte sich der Kasse an der Wand zu und begann, seine Bestellung einzugeben, musste sie aber wiederholen, als sie beim Tippen durcheinanderkam. Sobald sie sich umwandte, traf ihr Blick wieder auf den seinen und die Hitze, die in ihr brodelte, wurde zu einer Stichflamme. „Es sollte nur ein paar Minuten dauern. Ich hole dir mal dein Bier." Sie huschte davon und zapfte schnell ein Bier für ihn, vergaß aber, den Hahn abzudrehen und verschüttete

Bier auf ihre Hand. Fluchend schnappte sie sich ein Handtuch und wischte sich die Hand und sein Bierglas ab. *Reiß dich gefälligst am Riemen. Immer, wenn Heath auftaucht, benimmst du dich wie eine stümperhafte Idiotin.* Sie wandte sich um, um ihm sein Bier zu reichen. Als sie es ihm über den Tresen hinweg zuschieben wollte, rief schon ein anderer Kunde ihren Namen. Die nächste kurze Zeit verging wie in einem Nebel. Die Kunden strömten nur so herein, was sie auf Trab hielt. Zwar war sie nicht unbedingt scharf darauf, mit ein paar zusätzlichen Schichten in der Woche bei Quinn's Geld zu verdienen, aber sie war dankbar für das gute Trinkgeld und dafür, dass sie so viel zu tun hatte, dass sie kaum an die Zeit dachte.

Heute Abend jedoch sorgte Heaths Anwesenheit in der Ecke der Bar dafür, dass ihre Haut vor Aufmerksamkeit kribbelte und ihr Körper lichterloh brannte. Kurz vor dem Ende ihrer Schicht herrschte ein regelrechter Krieg zwischen ihrem Verstand und ihrem Körper. Vernünftigerweise wusste sie nicht, ob es eine gute Idee war, noch viel mehr mit Heath zu unternehmen. Er war kein Mann, den sie daten und mit dem sie zusammenkommen sollte. Er stand für zu viel – und sie empfand zu viel für ihn. Er war ihr einstiger unerfüllter Schwarm aus der Highschool und ein Mann, vor dem sie nicht davonlaufen können würde, wenn die Dinge zwischen ihnen schief liefen. Soweit ihr Verstand. Was ihren Körper anging ... nun, ihr Körper hatte ganz andere Vorstellungen, die meisten davon bezogen sich darauf, seinen wohlgeformten Körper in die Hände zu kriegen und einfach hemmungslos in die Lust einzutauchen, die um sie herum flirrte.

Sie betrat das Hinterzimmer hinter der Bar und schnappte sich Jacke und Handtasche. Dan, der

Barmanager, war damit beschäftigt, die Weinregale aufzufüllen. Er blickte auf. „Bist du schon weg?"

„Ja. Brauchst du mich nächste Woche für irgendwelche Abende?"

„Wenn du die Frühschichten am Mittwoch und Freitag übernehmen könntest, gehören sie dir."

„Ich übernehme beide." Sie wollte sich schon umdrehen und nach draußen gehen, doch an der Tür hielt sie inne und schaute zurück zu Dan. „Danke, dass du so großzügig mit den Schichten für mich bist."

Das Klirren der Flaschen ging weiter, während Dan eine Flasche nach der anderen in die Regale stellte. Er zuckte mit den Schultern und warf ihr einen Blick über seine Schulter zu. „Meine Mom hat mich allein großgezogen, genau wie du Julianna. Ich kann das gut nachvollziehen. Wann immer ich Schichten frei habe, die bei dir klappen, gehören sie dir. Außerdem schuftest du wie besessen. Du brauchst mir also nicht zu danken."

„Ich kann mich bei dir bedanken, wann immer ich möchte, also komm damit klar."

„Wir sehen uns nächste Woche", sagte er mit einem Augenzwinkern und einem Schmunzeln.

Vivi schob sich durch die Tür zurück in die belebte Bar. Ihr Blick wanderte dabei zwangsläufig zu der Ecke, in der Heath gesessen hatte. Doch er war nicht da. Ihr wurde ganz schwer ums Herz. Da ihre Gefühle wie ein Tornado tobten, war es wahrscheinlich das Beste, dass er gegangen war. Und doch ... hatte sie so sehr gehofft, heute Abend ein paar Minuten mit ihm allein zu sein. Sie schluckte einen Seufzer runter und warf sich ihre Fleecejacke über die Schultern, während sie sich zwischen den Tischen und Kunden hindurchschlängelte, um zur Tür zu gelangen. Sie schob sich hindurch, und die kühle Herbstluft bildete einen starken Gegensatz zu der Hitze im Inneren der Bar. Nach ein paar Schritten hielt sie auf dem Bürgersteig inne. Der Lärm in der Bar war mittlerweile gedämpft. Sie schloss die Augen und atmete tief ein, um den Geruch des Holzrauches zu genießen, der aus einem nahe gelegenen Haus drang.

„Hey, du." Heaths Stimme war unverkennbar, tief und klar in der frischen Nachtluft.

Vivi öffnete die Augen und drehte ihren Kopf zur Seite, als sie Heath erblickte, der an einem Gebäude lehnte. Seine Hände steckten in den Taschen seiner Jeans, die er tief über die Hüften gezogen hatte. Ihr Herz setzte kurz aus und ihr Puls schnellte in die Höhe. Heath stieß sich von der Wand ab, da wurde ihr bewusst, dass sie ihn immer noch nicht begrüßt hatte.

„Hey." Mehr als ein Wort brachte sie nicht zustande.

„Ich habe gedacht, ich könnte dich vielleicht nach Hause fahren."

Da kam diese Hoffnung, die sie vor ein paar Augenblicken beiseite geschoben hatte, wieder in ihr hoch. Wie immer war sie zur Arbeit gegangen, nachdem sie Julianna bei ihrer Mutter abgeliefert hatte. Wenn sie mit Heath nach Hause fahren würde, hätte sie weit mehr als nur ein paar Minuten mit ihm. Plötzlich übernahm ihr Körper das Kommando und verdrängte all ihre Bedenken. Sie nickte, bevor sie überhaupt näher darüber nachdenken konnte. Heath trat noch einen Schritt näher an sie heran. Die Straßenlaternen funkelten in seinen dunklen Locken. Seine Gegenwart war eindringlich und sie konnte die Hitze spüren, die von ihm ausging. Er stand weniger als einen halben Meter von ihr entfernt da. Die Luft fühlte sich elektrisiert an. Sie überlegte, ob sie sich vielleicht rühren sollte, aber das konnte sie nicht.

Er kam noch einen Schritt näher. Ihr Atem ging stoßweise und ihr Bauch krampfte sich zusammen. „Soll das ein Ja sein?", fragte er und seine raue Stimme jagte ihr ein Kribbeln über die Haut.

„Ja." Ihre Stimme war kaum mehr als ein Flüstern.

Einen langen, knisternden Augenblick lang glaubte sie, er wolle sie küssen. Ihr Körper vibrierte fast vor Spannung. Doch das tat er nicht. Stattdessen griff er nach ihrer Hand und schlang seine um sie. Sie atmete langsam aus, als sie seinen warmen, starken Griff spürte. Ohne ein Wort zu sagen, wandte er sich um und lief zu seinem Wagen. Sie schritt neben ihm her, ihr Puls pochte und das Verlangen pulsierte in ihr. Augenblicke später lenkte er seinen Wagen vom Bordstein weg. Die kurze Fahrt die Main Street hinunter zu ihrem Haus verlief ruhig, der Platz in seinem Truck war eng und die Luft zwischen ihnen knisterte förmlich.

Vivi warf einen Blick zu Heath. Sein Profil zeichnete sich im schattigen Licht ab, die Konturen seines Gesichts waren kräftig und klar. Seine Nase war auf dem Nasenrücken leicht geknickt. Sie erinnerte sich, dass er sich die Nase gebrochen hatte, als er in der Highschool vom Fahrrad gefallen war. Er neigte seinen Blick zu ihr und musterte sie einen Augenblick lang, bevor er wieder auf die Straße blickte. In diesem winzigen Augenblick brodelte das Verlangen in ihr. Innerhalb von wenigen Minuten waren sie an ihrem Haus angelangt. Unruhig und hibbelig fummelte sie an der Türklinke herum. Da spürte sie, wie sich Heaths Handfläche um ihren Arm legte.

„Hey", fragte er leise. „Alles in Ordnung?"

Sie ließ den Türgriff los und rutschte auf ihrem Sitz hin und her. „Ja. Ich, äh, ich ... äh. Ich bin ein bisschen durcheinander. Ich habe keine Ahnung, was wir hier überhaupt machen. Ich habe keine Ahnung, was du möchtest. Oder was ..."

„Vivi", begann Heath mit belegter Stimme.

Sie hob ihren Blick und traf auf seinen. Ihr Herz krampfte sich zusammen. Dann biss sie sich auf die Lippe und versuchte, tief durchzuatmen. Ihr Puls raste und sie schaffte es nicht, ihren Körper wieder unter Kontrolle zu bringen. Pures Verlangen tobte wild in ihr. Heath lockerte seinen Griff um ihren Arm und fuhr mit seiner Hand nach oben. Sie konnte die Hitze seiner Handfläche durch ihre Jacke spüren.

Dann bewegte sich Heath plötzlich blitzschnell. Bevor sie richtig begriff, was geschah, öffnete er die Beifahrertür und half ihr beim Aussteigen. Mit einem Klicken schnappte die Tür hinter ihr zu. Heath stand direkt vor ihr. Seine Augen blitzten im Licht der Veranda auf, bevor seine Lippen sich auf die ihren legten. Innerhalb von Sekunden stand sie fast in Flammen. Seine Zunge verschränkte sich mit ihrer in gewagten Stößen. Ihr Kuss wollte kein Ende nehmen. Als er sich von ihr löste, war sie ganz außer Atem und überrascht, dass sie nicht längst zusammengeschmolzen war.

Da trat er einen Schritt zurück und die kühle Luft, die sich zwischen ihnen ausbreitete, vermochte kaum die Hitze zu kühlen, die sie durchströmte. Sie ergriff seine Hand und zerrte ihn hinter sich her. Beim Hinaufrennen über die Treppe stolperte sie fast. Doch seine Handfläche legte sich um ihre Hüfte und hielt sie fest. „Langsam."

Irgendwie schafften sie es in die Küche, während Jax an ihnen vorbei in den Hof rannte. Zu diesem Zeitpunkt hatte Vivi bereits jede Zurückhaltung über Bord geworfen. Sie streifte ihre Schuhe ab und warf ihre Jacke und ihre Handtasche auf den Tresen. Heath war gerade dabei, seine Jacke auszuziehen, als sie sich direkt vor ihm aufbaute. Sie ließ eine Handfläche über seine Brust gleiten und legte sie in seinen Nacken.

„Jetzt."

Er kam ihr auf halbem Weg entgegen und schmiegte seinen Mund auf den ihren. Der Kuss, der draußen begonnen hatte, ging weiter. Er ließ seine Zunge in ihren Mund gleiten, knabberte an ihren Lippen und fuhr ihre Konturen nach. Seine Hände wanderten über ihren Körper, genauso wie ihre über seinen. Sie genoss das Gefühl seines festen Körpers unter ihren Berührungen, während das Gefühl seiner Hände, die über ihren Rücken strichen, ihren Po umfassten und sich um eine Brust legten, so herrlich war, dass sie sich wie im siebten Himmel fühlte.

Sie schob ihm die Jacke von den Schultern und ließ sie zu Boden fallen. Mit einem Seufzer schob sie ihre Hände unter sein Shirt und schnappte nach Luft, als sie die Hitze seiner Haut spürte. Er löste seine Lippen von ihr und bahnte sich mit Küssen einen Weg über ihren Hals. Plötzlich riss er sich los und hielt still, seine Augen waren dunkel vor Verlangen. Der Augenblick war heiß und elektrisierend. Dann ging alles ganz schnell. Die beiden rissen sich die Kleidung vom Leib und warfen sie beiseite. Das einzige Licht kam von einer Lampe in der Ecke. Vivi löste sich lange genug aus dem Dunst der Begierde, um den Anblick von Heath in sich aufzunehmen. Er trug nichts außer einer schwarzen Unterhose. Er war durchtrainiert und wohl- geformt. Seine Jahre beim Militär waren an seinem muskulösen Körper unübersehbar. Eine gezackte Narbe verlief schräg über seinen Oberschenkel, zusammen mit mehreren präzisen Narben von chirur- gischen Nähten – die ständigen Erinnerungen an seine Begegnung mit dem Tod. Ihr Herz zog sich zusammen, als sie sich daran erinnerte, wie knapp er bei dem Autounfall dem Tode entronnen war.

Er trat an ihre Seite und fuhr mit seinen Händen über ihre Taille. Sie stand fast nackt vor ihm, in weißer Baumwollunterwäsche mit roten Punkte und einem passenden BH, den Julianna einmal beim Einkaufen ausgesucht hatte. Sie hatte sich gewünscht, dass jeder gepunktete Unterwäsche tragen sollte, also hatte sich Vivi gefügt, weil sie angenommen hatte, dass ohnehin niemand ihre Unterwäsche sehen würde. Nun allerdings war sie ganz verlegen, als Heaths Blick den ihren traf und er sie anstrahlte.

„Mir gefallen deine Punkte.“

Sie errötete und unterdrückte ein Lachen. Heath strich mit seinem Daumen über ihre Lippen, bevor er ihn an ihrem Hals entlang bis zu ihrer Schulter führte. In Zeitlupe hakte er ihn unter ihrem BH-Träger ein und zog ihn von der Schulter, der andere folgte schnell. Ihre Brüste waren frei, und sie keuchte erleichtert auf. Ihre Brustwarzen waren so angespannt, dass sie fast schon wehtaten. Heaths Finger fuhren leicht über die Unterseiten ihrer Brüste, bevor sie ihre Brustwarzen umkreisten. Sie stöhnte auf, als sich seine Lippen um eine der gespannten Brustwarzen schlossen. Er wirbelte mit seiner Zunge um sie herum, während er die andere mit seinen Fingern neckte. Da verlor sie sich in einem Rausch der Gefühle und wand sich in seinen Armen.

Heath konnte seine Augen nicht von ihr abwenden. Vivi war mit den Hüften gegen den Küchentisch gelehnt. Ihre dunklen Haare fielen ihr in Wellen um die Schultern. Ihr Körper war voller üppiger Kurven gepaart mit Sanftheit und Stärke. Sie war nackt bis auf ihr weiß-rot gepunktetes Höschen, das ihn irgendwie mitten ins Herz traf. Sie ließ eine Hand über seine Brust gleiten und streichelte kühn über seinen Slip. Das bisschen Kontrolle, das er noch hatte, ging fast verloren, als sie ihre Handfläche um seine Erektion schlang. Zu diesem Zeitpunkt hatte er schon seit Stunden vor Verlangen nach ihr gepocht, sodass es nicht viel brauchte, um ihn bis an die Grenzen seiner Kontrolle zu bringen.

Er wollte schon einen Schritt zurücktreten, als sie ihren Daumen in den Bund seines Slips steckte und ihn herunterzog. Bevor er überhaupt Luft holen konnte, beugte sie sich schon vor und fuhr mit ihrer Zunge an seinem Schaft entlang. Mehrere heiße Minuten lang reizte sie ihn bis zum Wahnsinn, während sie ihn mit ihren Lippen und ihrer Zunge erforschte. Als sie ihn schließlich in ihren Mund aufnahm, entfuhr ihr ein heiseres Stöhnen. Heiße, feuchte Berührungen ihrer Zunge, der warme Sog ihres Mundes und der Griff ihrer Handfläche, und er verlor fast die Kontrolle.

Flugs zog er sie hoch und hob sie auf den Tisch, während er ihr gleichzeitig mit einer Hand das Höschen auszog und in der Tasche seiner Jeans herumfummelte, die über einem Stuhl am Tisch hing. Sein Portemonnaie fiel zu Boden, während er das Kondom herauszog. Er stieß mit seinem Kopf gegen Vivis, als sie versuchte, ihm beim Überziehen des Kondoms zu helfen. Sie stieß ein Kichern aus und blickte auf, ihre blauen Augen waren dunkel vor Leidenschaft. Eine Sekunde lang war er wie erstarrt. Er befand sich im Bann der schieren Lust, die sich mit einer Vertrautheit vermischte, die er noch nie mit jemandem erlebt hatte.

Plötzlich verblasste Vivis Lächeln und ihre Hand kam zum Stillstand. Er hob ihr Kinn an und eroberte ihre Lippen für einen weiteren Kuss. Anschließend trat er zwischen ihre Knie. Sie rutschte näher an die Tischkante heran, als er zwischen ihre Beine griff und mit seinen Fingern durch ihre Spalte strich. Sie war so feucht, so bereit. Da trat er noch ein Stück näher und stieß in ihren Eingang.

„Vivi", flüsterte er.

Er musste sie jetzt unbedingt sehen. Ihre Augen öffneten sich, dunkel mit einem wilden Schimmer. Erst dann drang er in sie ein. Sie war ganz eng und schnappte nach Luft, als er sich ganz in sie versenkte. Er hielt still, fast überwältigt von dem Gefühl, ihr so nahe zu sein. Nach einigen Herzschlägen begann er sich zu bewegen. Sie schlang ihre Beine um seine Hüften und schmiegte ihren Körper an seinen. Er hielt ihre Hüften fest, während er wieder und wieder in sie eindrang. Er war dem Höhepunkt so nahe, dass er sich kaum noch zurückhalten konnte. Schnell ließ er eine Hand zwischen sie gleiten und strich damit über ihre Perle. Schließlich schlossen sich ihre Augen, als ihr Kopf mit ihrem Schrei nach hinten fiel. Ihr Kanal krampfte sich zusammen und pochte um ihn herum. Schließlich ließ er los und seine Erlösung donnerte durch ihn hindurch. Er ließ seinen Kopf in die Wölbung ihrer Schulter sinken, während sein Körper von den Echos seiner Erlösung erschauderte.

KAPITEL SIEBEN

Langsam wurde Vivi wach. Sie lag auf der Seite zusammengerollt und Heath lag hinter ihr, seine Füße waren mit ihren verschränkt und seine Hand ruhte auf ihrer Hüfte. Das fahle Licht der Morgendämmerung drang durch die Vorhänge in ihrem Schlafzimmer. Jax musste auf Heaths anderer Seite geschlafen haben, denn obwohl sie ihn nicht sehen konnte, hörte sie sein Schnurren durch den Raum dröhnen. Sie lag ganz still da und genoss das Gefühl, Haut an Haut mit Heath zu sein. Sie konnte nicht ganz begreifen, was sich da letzte Nacht ereignet hatte. Heath hatte all ihre Schutzwälle durchbrochen und ihre jugendlichen Fantasien in den Schatten gestellt. Allein der Gedanke daran, wie es sich angefühlt hatte, mit ihm zusammen zu sein, ließ sie erröten. Unruhig schob sie ihre Beine hin und her.

„Mmm", murmelte Heath gegen ihren Hals.

Da jagte ein Schauer über ihre Haut. Seine Hand strich von ihrer Hüfte an ihrer Seite hinauf, folgte der Vertiefung ihrer Taille, an der Seite ihrer Brust entlang und über ihre Schulter. Schließlich strich er ihr das zerzauste Haar aus dem Gesicht. Ihr Bauch bebte und Hitze durchflutete sie. Oh. Mein. Gott. Es fühlte sich so gut an, so mit ihm aufzuwachen.

Dann streckte er sich hinter ihr, sein Körper spannte sich an und entspannte sich wieder an ihr. „Morgen", sagte er, seine Stimme war rau vom Schlaf.

Sie rollte sich in seinen Armen zusammen. Seine Augen strahlten in dem spärlichen Licht. Seine dunklen Locken waren ein einziges wildes Durcheinander. Sie konnte sich ein Lächeln nicht verkneifen, als sie Heath so schläfrig sah. Einer seiner Mundwinkel zuckte nach oben. „Was ist bitte schön so lustig?"

Daraufhin hob sie eine Hand und fuhr ihm durch die Haare. „Deine Haare haben auch schon mal gestylter ausgesehen."

Er gluckste. „Das will ich hoffen. Ich war ja nicht wirklich ein Riesenfan des militärischen Kurzhaarschnitts, aber so ein Schlamassel ist mir damals auf jeden Fall erspart geblieben", meinte er und deutete auf seinen Kopf.

Da wurde es ganz ruhig zwischen ihnen. Jax' Schnurren ging jedoch unaufhörlich weiter. Heath warf einen Blick über seine Schulter. „Wow, was für ein Wunder, dass ich gar nicht aufgewacht bin."

Sie kicherte. „Jax ist ein meisterhafter Schnurrer. Ich habe mich schon so daran gewöhnt, dass mir das kaum mehr auffällt. Allerdings schläft er bei Julianna, wenn sie zu Hause ist."

„Wann musst du sie abholen?", fragte er und fuhr mit der Hand durch ihr Haar.

„Oh, sie fährt mit dem Bus von meiner Mom direkt zur Schule. Da ich während der Schulwoche meistens zumindest eine Schicht arbeite, haben wir das alles schon geregelt."

Heath nickte langsam. „Heißt das, ich kann dich zum Frühstück einladen?"

Sie hielt seinem Blick stand, ihr Herz wollte unbedingt Ja sagen, während ihre Gedanken vor Sorgen Purzelbäume schlugen. Was, wenn das alles nicht funktionierte? Es war alles so viel einfacher gewesen, als sie zwar für ihn geschwärmt hatte, aber noch nichts wirklich passiert war. Jetzt war hingegen viel mehr als nur etwas passiert. Sie hatte keine Ahnung mehr, wie sie ihre Gefühle zurückhalten sollte. Sie biss sich auf die Lippe und versuchte, durchzuatmen, um die in ihr aufsteigende Unruhe zu unterdrücken.

„Ist Frühstück in Ordnung?", fragte er schließlich. Als sie nicht sofort antwortete, hielt er inne und stützte sich auf seinen Ellbogen. „Also gut, spuck's schon aus. Was zum Teufel denkst du gerade? Ich bin zwar kein Gedankenleser, aber ich sehe doch, dass du dir Sorgen machst."

„Ich, ähm, ich weiß nicht. Ich bin mir nicht sicher, was wir da gerade tun und ich weiß auch nicht, ob das so eine gute Idee ist ..." Sie stolperte über ihre Worte und schnappte nach Luft. Sie wusste nicht, wie sie ihre Gefühle für ihn im Zaum halten sollte und jedes noch so kleine gemeinsame Erlebnis verstärkte nur den Griff, den er um ihr Herz hatte.

Er hob eine Hand und sie verstummte, etwas erleichtert, weil sie nicht wusste, was sie eigentlich sagen wollte.

„Vielleicht bist du dir nicht sicher, was wir da eigentlich anstellen, aber ich schon."

Er setzte sich noch ein bisschen weiter auf und das Laken rutschte bis zu seiner Taille hinunter. Ein Blick auf ihn ließ ihren Mund schlagartig austrocknen und die Sehnsucht kribbelte in ihr. Seine kräftige Brust und seine Bauchmuskeln spannten sich an, während er nach oben rutschte, bis er sich gegen das Kopfteil lehnen konnte. Sie stützte sich mit dem Ellbogen auf und setzte sich neben ihn, wobei sie das Laken über ihre Brüste schob.

Als er wieder das Wort ergriff, war seine Stimme tief und klar. „Als ich dich zum ersten Mal geküsst habe, habe ich ernst gemeint, was ich da gesagt habe. Ich habe viel zu lange gewartet. Mir geht es nicht um eine Affäre. Mir geht es um viel mehr. Ich möchte nur nicht zu schnell zu weit gehen."

Vivi hatte das Gefühl, ihr Herz würde ihr aus der Brust springen. In ihrem Inneren schlug die Hoffnung Purzelbäume, aber sie schlug sie zurück. Sie mochte einmal in Heath verknallt gewesen sein, er mochte sie anziehen wie kein anderer, aber sie war kein naives Mädchen mehr. Sie traute sich selbst nicht so recht, zu wissen, wann sie den richtigen Partner für sich finden würde. Denn in Chris hatte sie sich gewaltig getäuscht. Sie hatte wirklich geglaubt, in ihm ihren Gefährten gefunden zu haben – diese Shifterfantasie eines anderen Shifters, der sie wie kein anderer ansprach. Im Nachhinein betrachtet, waren es jedoch bloß ihre eigenen Hoffnungen und Träume gewesen und das Bedürfnis, sich selbst zu beweisen, dass sie einen anderen Shifter finden konnte, der sie so anziehen würde wie Heath. Auch wenn sie versucht hatte, sich einzureden, dass das alles auf Chris zutraf, war es nie dasselbe gewesen.

Dass Heath jetzt neben ihr saß und ihr eröffnete, dass er viel mehr als nur eine Affäre wollte, jagte ihr eine Heidenangst ein. Denn was, wenn sie sich auch in ihm getäuscht hatte? Sie vertraute darauf, dass er gut zu ihr sein würde und nicht immer wieder aus ihrem Leben verschwinden würde. Sie wusste, dass er ein ehrlicher Mann und Shifter war, aber was, wenn sie nicht das war, was er sich erhoffte? Was, wenn dies alles bloß ein vorübergehender Anflug von reiner Begierde war?

„Vivi?"

Heaths Stimme riss sie aus ihren Gedanken. Sie warf einen Blick zu ihm hinüber. Er musterte sie unverwandt. Doch sie fand einfach nicht die richtigen Worte.

Da streckte er seine Hand aus und umfasste die ihre. Die Wärme und Stärke seines Griffs gaben ihr Halt und besänftigten das unruhige Gefühl in ihrem Inneren. „Ich lasse dich nicht im Stich wie Chris. Das musst du wissen", sagte er mit Nachdruck.

Ihre Kehle war wie zugeschnürt. Sie schluckte gegen das Gefühl an und schnappte nach Luft. „Das weiß ich ja, aber was ist, wenn das hier nicht klappt? Ich kann dir nicht wirklich aus dem Weg gehen, wenn die Sache schiefgeht – das wäre doch echt schräg. Außerdem ist es nicht einfach, alleinerziehende Mutter zu sein. Ich muss auch an Julianna denken. Ich möchte sie nicht durcheinanderbringen, oder ..." Sie hielt inne und zwang sich zu einem weiteren Atemzug. Sie wusste nicht so recht, wie sie ihm sagen sollte, dass sie es nicht ertragen könnte, wenn er nicht bei ihr bliebe. Sie hatte keine Lust auf eine zwanglose Affäre, das hatte sie noch nie.

„Ich weiß, dass wir an Julianna denken müssen. Auch wenn ich genau weiß, was ich möchte, bin ich vernünftig genug, um zu wissen, dass wir einen Schritt nach dem anderen machen müssen. Aber könntest du mir einfach mal vertrauen, dass ich sehr wohl weiß, was wir beide hier haben?"

Tränen stiegen ihr in die Augen, aber sie konnte das Gefühl nicht unterdrücken. Sie durfte jetzt nicht ausflippen. Es wäre ihr vor Heath viel zu peinlich, wenn er sehen würde, wie verletzlich sie sich ihm gegenüber fühlte. Ihr Blick fiel auf ihn. „Du meinst diese Sache, bei der man denkt, seinen Gefährten gefunden zu haben?" Ihre Frage war mit einem Hauch von Spott gespickt.

Doch Heath verzog keine Miene. Stattdessen nickte er entschlossen. „Nimm das nicht auf die leichte Schulter. Das hast du bei Sophia nicht getan, also tu es auch nicht bei dir selbst. Es ist ja nicht so, dass wir uns kaum kennen. Wenn das letzte Jahr für mich nicht so schlimm gewesen wäre, hätte ich dir schon viel früher gestanden, was ich empfinde. Ich musste mir einfach sicher sein, dass ich der Mann sein kann, den du verdienst, bevor ich den nächsten Schritt gemacht habe. Können wir nicht einfach genießen, dass wir eine wundervolle Nacht hatten und etwas frühstücken? Ich habe bloß gedacht, dass du wissen solltest, wie ich mich fühle. Ich kann aber auch warten, bis du bereit bist."

Seine Worte trafen sie tief im Herzen. Er drückte sich so klar aus, so eindeutig. Während sie innerlich ganz durcheinander war. Obwohl sie wusste, dass sie ihn wollte, wusste sie auch, dass es nichts bringen würde, sich jetzt über ihre Bedenken den Kopf zu zerbrechen. Sie würde sich darin üben, einen Schritt nach dem anderen zu machen. Also begegnete sie seinem Blick und nickte. „Wie wäre es, wenn wir hier frühstücken? Ich zaubere uns was." Daraufhin grinste er und sie schlug die Decke weg.

Heath schritt durch die Tür der Bank und marschierte zügig zu seinem Wagen. Er warf die Mappe mit den Unterlagen auf den Beifahrersitz und schloss die Tür.

Auf dem Bürgersteig hielt er inne und schaute sich um. Painter lag in einem Tal, das von Bergen umgeben war. Die Hauptstraße war malerisch mit urigen, farbenfrohen Schaufenstern. Eine Windböe wirbelte die Blätter durcheinander. Er sah in beide Richtungen, bevor er über die Straße zum Mile High Grounds schritt. Die Klingel über der Tür bimmelte, als er eintrat. Es war später Nachmittag und der Coffee Shop war ruhiger als sonst. Ein paar Studenten tranken Kaffee, während sie lernten, und in der Ecke saß eine Strickgruppe. Seine Schwester blickte von der Theke auf.

„Hey Heath! Wie geht's denn so?"

Er erreichte den Tresen. „Verdammt gut. Ich habe gerade den Bankkredit für mein Baugeschäft genehmigt bekommen. Ich hatte schon Angst, der Papierkram würde nie enden, aber seit ein paar Minuten ist es endlich amtlich."

Sophia quiekte und klatschte in die Hände. „Jippie! Ich weiß doch, wie wichtig das für dich war. Und was bedeutet das nun?"

„Es bedeutet, dass ich über das nötige Startkapital verfüge, um in größere Ausrüstung zu investieren. Ich habe zwar schon einige Aufträge bekommen, aber die musste ich in Grenzen halten. Jetzt kann ich größere Aufträge annehmen und mein eigenes Team einstellen, sobald ich genug Arbeit habe, dass es sich lohnt."

Sophia grinste und lehnte sich mit der Hüfte gegen den Tresen. „Du kannst gerne meine Buchhalterin engagieren, wenn du möchtest."

Heath schmunzelte und stieß mit dem Zeh gegen den Boden. „Das werde ich wohl nicht ablehnen können."

„Sie heißt Sara Willis. Ihr Büro ist nur ein paar Türen weiter die Straße runter. Sie ist klasse und so pingelig, dass es schon nervt. Aber wenn es um Buchhaltung geht, ist das doch ganz gut. Wie auch immer, Kaffee?"

„Natürlich. Heute nur irgendwas ganz Dunkles. Nichts Süßes."

„Alles klar!", rief Tommy hinter der Espressomaschine hervor.

Heath sah sich im Raum um und hoffte fast, Vivi durch die Tür kommen zu sehen. Seit gestern Abend und heute Morgen ging sie ihm kaum noch aus dem Kopf. Ein paar Stunden harter Arbeit an einer kleinen Terrasse hatten ihn davon abgehalten, sich innerlich im Kreis zu drehen. Die ganze Besprechung in der Bank lang war er abgelenkt gewesen, aber zum Glück waren alle Einzelheiten zuvor bereits besprochen worden.

„Suchst du nach Vivi?"

Er drehte seinen Kopf zu Sophia und sah, wie sie grinste.

„Nein, ich ..." Mit einem Kopfschütteln hielt er inne. „Doch, eigentlich schon. Ich habe mir gedacht, dass sie heute Nachmittag vorbeikommen könnte."

„Logisch, da sie ja meistens nachmittags hier vorbeikommt."

Tommy trat an den Tresen und schob Heath den Kaffee zu. Er blickte zwischen den beiden hin und her. „Ja, uns ist beiden aufgefallen, dass du in letzter Zeit kaum die Augen von Vivi lassen konntest."

Heath verschluckte sich fast an seinem Schluck Kaffee. Sophia begann zu lachen und hielt sich sofort den Mund zu, woraufhin er sie anfunkelte. Tommy wandte sich ab und verschwand in Richtung Hinterzimmer, aber nicht ohne ihm noch ein verschmitztes Grinsen über die Schulter zuzuwerfen. „Du solltest an deinem Pokerface arbeiten, wenn du nicht möchtest, dass jemand etwas merkt."

Als Tommy durch die Tür nach hinten verschwand, wurde Sophias Gesichtsausdruck nüchterner. „Also, du und Vivi?"

Heath war noch nicht bereit, seiner kleinen Schwester von letzter Nacht zu erzählen, aber er wollte seine Gefühle auch nicht verbergen. Also nickte er, nahm einen Schluck von seinem Kaffee und genoss den vollen Geschmack.

Sophia sah ihn einen langen Augenblick lang an, ihre Augen blickten suchend und nachdenklich. „Sie bedeutet dir sehr viel."

„Tatsächlich." Sein Herz zog sich zusammen. Vergangene Nacht hatte ihm noch mehr bewusst gemacht, was er für sie empfand.

Sophia musterte ihn noch einen Augenblick lang. Dann atmete sie seufzend aus. „Oh. Weiß sie denn, was du fühlst?"

Er zuckte mit den Schultern. „Vielleicht. Ich habe zwar versucht, es ihr zu sagen, aber ich bin mir nicht sicher, ob sie überhaupt bereit ist, es zu hören."

Sophia schwieg einige Augenblicke lang. „Gib ihr Zeit."

„Das ist alles? Gib ihr Zeit?"

Sophia schenkte ihm ein schmales Lächeln und zuckte mit den Schultern. „Das ist alles. Es klingt vielleicht nicht nach viel, aber sie ist schon seit Jahren allein. Nachdem, was mit Chris passiert ist, ist sie misstrauisch. Wenn du ihr keine Zeit gibst, steht sie sich nur selbst im Weg."

In diesem Augenblick näherte sich ein weiterer Kunde dem Tresen und Heath trat beiseite. „Ich komme wahrscheinlich bald wieder vorbei", erklärte er und hob seine Kaffeetasse an.

„Ich bin da. Vielleicht hast du ja Lust, dich morgen mit Daniel und mir zum Essen zu treffen."

„Sag mir einfach, wo."

Damit drehte er sich um und ging. Als er über die Straße zurückging, fuhr gerade Daniels Truck vorbei. Er hielt kurz an und winkte Heath zu, während er sein Fenster herunterkurbelte.

„Was gibt's?", fragte Heath, als er an Daniels Truck angelangt war.

„Ich wollte dich gerade anrufen. Roger möchte, dass wir vorbeikommen. Sie haben ein paar Spuren im Norden der Stadt gefunden."

„Alles klar. Ich treffe dich dort."

Kurze Zeit später lehnte Heath in Roger Shaws Büro an der Wand. Roger war der leitende Ermittler bei den verschiedenen Fällen im Zusammenhang mit dem Schmuggelnetzwerk. Er und einige andere Beamte waren Shifter, was sich während der monatelangen Suche nach Nelson als sehr nützlich erwiesen hatte.

„Um es kurz zu machen: Wir haben uns die Grundstücke in der Stadt angesehen und sind ziemlich sicher, dass jemand in den alten Gebäuden auf dem großen Anwesen wohnt, wo sich die Büros deines Großvaters befunden hatten. Das war einer der ersten Standorte, die wir uns angesehen haben. Ich habe immer angenommen, dass Nelson und seine Helfer erstmal abwarten und sich dann hierher zurückziehen würden."

„Was nun?", fragte Daniel.

„Da ihr euch schon mal auf die Suche gemacht habt, halte ich es für das Beste, wenn wir verschiedene Bereiche abdecken. Ich schlage vor, dass wir abwechselnd losziehen. Ich bin auch dem Shifter gefolgt, dem ihr letzte Woche begegnet seid. Ich

vermute, dass es sich um Chris Barnett handelt. Er ist
…"

„Vivis Ex", warf Heath ein. „Wie kommst du
darauf, dass es sich um ihn handeln könnte?" Heath
hatte Chris noch nie gesehen. Vivi hatte Chris gedatet
und Julianna bekommen, während Heath beim Militär
gewesen war. Er war während dieser Zeit zwar auf
Heimaturlaub gekommen, hatte Chris aber nie wirklich kennengelernt.

„Einer der Typen, die wir wegen Dealerei festge-
setzt haben, glaubt, dass er es war. Der Kerl hat
behauptet, Chris hätte einige der Überfälle in dieser
Gegend abgezogen. Nachdem er aus Painter weggezogen war, hat man ihn in Boulder wegen Dealerei
hochgenommen. Er ist dann hierher zurückgekommen, und ein Kumpel von mir, der dort bei der Polizei
arbeitet, hat uns gewarnt, ihn im Auge zu behalten, als
die Sache mit dem Schmuggelnetzwerk aufgeflogen
ist," erklärte Roger.

Heath lehnte mit den Schultern an der Wand und
überlegte, was es für Vivi bedeuten könnte, zu erfahren, dass Juliannas Vater in das Schmugglernetzwerk
verwickelt war. „Hast du vor, ihn zu verhaften?" fragte
Heath.

Roger nickte. „Ja, natürlich. Ich hatte eigentlich
gehofft, dass ihr mir dabei helfen könntet. Offenbar
hat er ja nicht gewusst, wer ihr seid, und ist deshalb
abgehauen. Allerdings weiß er mit Sicherheit, wer wir
sind. Ich habe gedacht, ihr könntet auf dieser Seite der
Stadt weiter Ausschau halten und wir kümmern uns
um die andere Seite und den Norden."

Daniel nickte zustimmend und warf schon einige
Fragen auf, während Heath überlegte, wie er das wohl
Vivi beibringen sollte. Er wollte nicht, dass sie es auf
andere Weise erfuhr, aber er machte sich auch

Gedanken darüber, wie sie reagieren würde. Ihm war inzwischen klar geworden, dass die Dinge zwischen ihr und Chris nicht gut gelaufen waren. Dass Chris völlig aus Juliannas Leben verschwunden war, hatte Heath zu der Erkenntnis geführt, dass Chris nicht viel wert war, aber er konnte nur erahnen, wie Vivi darüber dachte. Er war stinksauer, dass Chris sich so verantwortungslos gegenüber Vivi und Julianna verhalten hatte.

„Heath?"

Daniels Stimme unterbrach ihn in seinen Gedanken. „Entschuldigung. Was?"

„Ich habe Roger gerade berichtet, dass wir vorhaben, alle paar Tage die Gegend zu erkunden. Das ist doch in Ordnung für dich, oder?"

„Aber klar. Kein Problem."

Ein paar Minuten später lief Heath an Daniels Seite hinaus auf den Parkplatz. „Also, äh, ich schätze, ich muss Vivi vorwarnen, was Chris angeht."

Daniel lehnte sich gegen seinen Wagen. „Das würde ich auch sagen. Falls sie es von irgendjemand anderem erfährt, wird sie stocksauer sein, dass wir ihr nichts gesagt haben. Dazu kommt, dass er jederzeit in der Stadt auftauchen könnte."

Heath nickte. „Richtig."

Daniel wölbte eine Braue. „Ich überlasse das dir. Ich könnte Sophia Bescheid sagen, und sie würde es dann Vivi erzählen, aber dann ..."

Heath beendete seinen Satz für ihn. „Wird Vivi sich fragen, warum zum Teufel ich die Schnauze gehalten habe."

KAPITEL ACHT

Ein ferngesteuertes Spielzeugauto sauste an Vivis Fuß vorbei und rollte surrend durch den Raum. Vivis Mutter, Evelyn Sheldon, stand an der Spüle in ihrer Küche und blickte zu Vivi herüber.

„Sie kann gar nicht genug von diesem Auto bekommen. So ist das Babysitten ein Kinderspiel. Wir brauchen ihr bloß die Fernbedienung in die Hand zu geben, und schon ist sie weg", erzählte Evelyn mit einem Lächeln. Sie schüttelte das Wasser von ihren Händen und schnappte sich ein Handtuch, um sie abzutrocknen.

„Ich weiß. Ich habe ihr versprochen, dass wir eins für zu Hause besorgen." Vivi warf einen Blick durch den Torbogen ins Wohnzimmer, wo Julianna am Fenster stand und grinsend das ferngesteuerte Auto um die Beine des Couchtisches herumführte. Vivi wandte sich um, als sie das Geräusch der Schritte ihrer Mutter hörte. Ihre Mutter trat an den Küchentisch heran. Evelyn war groß und elegant und bewegte sich mit fließender Anmut. Vivi hatte das fast schwarze Haar und die blauen Augen ihrer Mutter geerbt, aber sie war nicht ganz so groß. Evelyn nahm gegenüber von ihr Platz. Vivi war vorbeigekommen, um Julianna von der Schule abzuholen. Sie war länger als sonst mit einem Auftrag beschäftigt, deshalb hatte sie die Schule angerufen und darum gebeten, dass Julianna zu ihren Eltern gebracht wurde.

Ihre Mutter lehnte sich in ihrem Stuhl zurück. „Und, was macht Heath in letzter Zeit?"

Es war nicht ungewöhnlich, dass ihre Mutter nach Heath fragte. Da Vivi und Sophia seit ihrer Kindheit fast keinen Tag voneinander getrennt waren, waren sich ihre Familien ziemlich nahe gekommen. Dennoch hatte ihre Mutter keine Ahnung, dass Vivi eine atemberaubende, betörende und unvergessliche Nacht mit Heath verbracht hatte. Wenn ihre Mutter jemals mitbekommen hatte, dass Vivi seit Jahren in Heath verknallt war, hatte sie sich das nie anmerken lassen. Schon wenn sie Heaths Namen hörte, durchfuhr Vivi ein heißer Schauer, und ihr Körper erinnerte sich sofort an das Gefühl, das er an ihr und in ihr geweckt hatte. Vivi erschauderte innerlich. Sie konnte doch nicht wegen Heath so aus dem Häuschen geraten, nur, weil ihre Mutter fragte, wie es ihm ging.

Sie fummelte an ihrem Armband herum. „Es scheint ihm ganz gut zu gehen. Jede Minute hilft er Daniel auf dem alten Bauernhof seiner Großeltern. Daniel möchte, dass es bis zum Winter für ihn und Sophia fertig ist und sie dort einziehen können."

„Es ist ein wunderschönes altes Haus. Es freut mich zu hören, dass Heath sich so bewundernswert hält. Er hatte ein unglaublich hartes Jahr nach seinem Autounfall."

Inzwischen fummelte Vivi nicht mehr an ihrem Armband herum, sondern nahm einen Apfel aus der Obstschale auf dem Tisch und rollte ihn zwischen ihren Händen hin und her. „Ja, ich würde sagen, er hat sich wieder vollständig gefangen.“

Vivi spürte den prüfenden Blick ihrer Mutter auf sich. „Es ist doch wunderschön, dass Sophia jemanden gefunden hat. Du hast nicht zufällig auch jemanden auf dem Radar?“

Vivi konzentrierte sich auf den Apfel, der in ihren Handflächen hin und her rollte. „Was meinst du?“, fragte sie schließlich, obwohl sie genau wusste, was ihre Mutter damit fragen wollte. Nachdem Julianna geboren worden war, hatte ihre Mutter eine Zeit lang geschwiegen, wenn es um eine mögliche Beziehung für Vivi ging. Aber seit etwa einem Jahr sprach sie das Thema gelegentlich an und fragte nach, warum Vivi nicht mal mit jemandem ausging. Vivis Eltern hatten jung geheiratet und liebten sich sehr. Ihr Vater war beruflich viel unterwegs, doch seine Abwesenheit schien das Band zwischen ihnen nur noch zu verstärken. Doch Vivi war nicht bereit für eine Debatte über die Hoffnungen und Träume ihrer Mutter, dass Vivi ihre eigene große Liebe finden würde.

Evelyn neigte ihren Kopf zur Seite. „Du stellst dich doch absichtlich so doof an. Du weißt genau, was ich meine. Es wäre schön, wenn du ... na ja, mal jemandem eine Chance geben würdest. Ich weiß, wir haben schon darüber gesprochen, aber es ist doch albern, gleich von vornherein die ganze Welt auszuschließen. Du verdienst die Chance, einen guten Mann zu finden, und es würde Julianna nicht schaden, einen Vater in der Nähe zu haben.“

Da regte sich in Vivi ein Anflug von Wut, vor allem auf sich selbst, weil sie sich in Chris verliebt hatte. Sie hatte die Beziehung nicht ausreichend hinterfragt. Erst jetzt war Julianna alt genug, um Fragen über ihren Vater zu stellen. Vivi wollte nicht, dass sie negative

Gefühle für ihn entwickelte, aber sie wusste einfach nicht, wie sie Julianna seine Abwesenheit erklären sollte, ohne sie zu verletzen. Sie begegnete dem Blick ihrer Mutter und seufzte. „Schau Mom, das mag ja sein, aber so einfach ist das nicht. Selbst wenn deine blumige Fantasievorstellung von Liebe mit dem richtigen Gefährten für mich funktioniert, hat Julianna im Grunde genommen bereits einen Vater. Sicher, es wäre toll für sie, wenn sie jemanden hätte, der diese Rolle tatsächlich ausfüllt, aber das würde doch alles bloß komplizierter machen.“

„Das Leben ist an sich ist doch schon kompliziert. Ich weiß, dass Julianna schon einen Vater hat, aber er hat sich nie wie ein Vater verhalten. Chris ist doch nicht mehr als ein Samenspender. Das es ihn in deinem Leben gibt, sollte doch für dich kein Grund sein, dir nicht selbst einen Mann zu suchen. Ich weiß, dass du nicht gerne darüber redest, aber sag mir doch wenigstens, warum du es nicht einmal versuchen möchtest.“

Vivi legte den Apfel wieder in die Schale und ging dazu über, ihr Armband in einem langsamen Kreis um ihr Handgelenk zu führen. Das kühle Silber lag sanft auf ihrer Haut. Dann seufzte sie. „Es ist doch nicht so, dass ich es nicht mal versuchen möchte, aber allein der Gedanke daran stresst mich.“

Evelyns blaue Augen leuchteten warm und besorgt. Einen Augenblick lang war sie still. „Vielleicht solltest du aufhören, so viel nachzudenken.“

„Genau das hat mich doch schlussendlich zu Chris geführt. Ich habe nicht gründlich genug nachgedacht.“

Evelyn verdrehte die Augen. „Ich habe doch bloß gemeint, dass du aufhören solltest, darüber nachzudenken, wie schwer es sein könnte, jemanden in dein Leben zu holen. Bleib einfach locker und warte ab, was passiert. Sei wenigstens offen für Möglichkeiten. Ich bin sicher, dass du Sophia letztes Jahr denselben Rat gegeben hast. Als sie so sehr damit beschäftigt war, sich um ihren Bruder zu sorgen, dass sie kaum etwas vom Leben mitbekommen hat."

Vivi konnte sich ein Lachen nicht verkneifen. „Stimmt. Also gut. Ich werde versuchen, mich zu entspannen und warte ab, was sich entwickelt." Da stieg eine weitere Erinnerung an letzte Nacht in ihrem Kopf auf. Da hatte sie sich tatsächlich entspannt. Ein kleiner Teil von ihr wünschte sich, mit ihrer Mutter über Heath zu sprechen, aber sie war noch nicht so weit. Wenn ihre Mutter auch nur eine leise Ahnung davon hatte, was zwischen Vivi und Heath vor sich ging, würde sie niemals locker lassen. Falls es mit den beiden dann nicht klappen würde, wäre das mehr als peinlich. *Genau aus diesem Grund musst du unbedingt vorsichtig sein.*

Vivi schüttelte nochmal den Kopf, um wieder klar denken zu können. In diesem Augenblick kam das ferngesteuerte Auto wieder in die Küche gerauscht und prallte gegen den Kühlschrank. Julianna lief direkt hinter dem Ding her. An Vivis Stuhl blieb sie stehen und lehnte sich gegen ihr Knie. Vivi streichelte Juliannas dunkles Haar. „Hey Süße. Nur noch ein paar Minuten, einverstanden?"

Julianna blickte auf und nickte. „Ich weiß. Aber du hast gesagt, nur bis fünf. Und da steht doch fünf", stellte sie fest und deutete auf die Uhr an der Wand über dem Herd.

Vivi warf einen Blick auf die Uhr und lächelte langsam. „Das stimmt. Wie wär's also, wenn du dein Auto langsam mal wegräumst, bevor wir gehen?"

„Na gut." Julianna blieb, wo sie war, ihren Ellbogen auf Vivis Knie gestützt. Ihr leichtes Gewicht schmiegte sich warm an Vivis Bein. Sie ließ ihren freien Arm hin und her schwingen, die Fernbedienung locker in der Hand. Nach einem Augenblick stieß sie sich ab und lief hinüber, um das Spielzeugauto aufzuheben. Damit lief sie schnell zur Speisekammer in der Ecke der Küche und legte das Auto und die Fernbedienung vorsichtig in eine Schachtel auf dem untersten Regal.

Evelyn blickte von Julianna zu Vivi und lächelte sanft. „Sie ist dir so ähnlich."

„Das sagst du dauernd."

Evelyn zuckte mit den Schultern. „Weil es so ist. Genau wie du ist sie meistens brav, aber sie hat auch diese eigensinnige Ader. Das gefällt mir am besten."

Vivi lachte leise. „Die meiste Zeit über ist dieser Charakterzug kein Problem. Es sei denn, sie liefert sich einen Machtkampf wie letztes Jahr mit ihrer Lehrerin."

Ihre Mutter zuckte wieder mit den Schultern. „So etwas geht vorbei. Das ist schon wichtig, wenn die Kleine lernt, sich durchzusetzen."

In diesem Augenblick kam Julianna zurück und schlang einen ihrer Zöpfe um ihre Hand. Vivi sah ihr nach, und ihr wurde ganz warm ums Herz. Sie war doch ihr wildes, eigensinniges und meist gehorsames kleines Mädchen. „Stimmt", erwiderte Vivi und sah ihrer Mutter in die Augen, als sie sich vom Tisch erhob.

———

Heaths Stiefel rutschte von der untersten Sprosse der Leiter ab. Er geriet leicht ins Straucheln, als er sich wieder fing. In der letzten halben Stunde hatte es unaufhörlich geregnet. Er hatte an einem Auftrag für eine Garage gearbeitet. Eigentlich hatte er gehofft, heute mit dem Dachstuhl fertig zu werden, aber es war zu nass, um gefahrlos weiterarbeiten zu können. Schnell baute er die Leiter ab und lud sie auf seinen Lastwagen. Nachdem er das restliche Werkzeug weggeräumt hatte, war er völlig durchnässt. Als er die Main Street entlangfuhr, fiel ihm ein leuchtend roter Blitz ins Auge. Er wandte sich um und erkannte, dass es Vivi war. Sie zog sich die Kapuze ihres roten Regenmantels über den Kopf und lief die Straße entlang. Sofort fuhr er an den Straßenrand und griff nach der Tür, um sie zu öffnen. „Vivi!"

Sie wurde langsamer und blickte zur Seite, ihre Augen weiteten sich, als sie ihn sah. Dann blieb sie stehen und kauerte sich in ihren Regenmantel. „Hey", sagte sie, und ihre Worte wurden durch das Prasseln des Regens auf seinen Wagen gedämpft.

„Soll ich dich mitnehmen?", fragte er und deutete auf den Beifahrersitz.

Sie stand so lange da, dass er sich nicht sicher war, ob sie sein Angebot annehmen wollte. Gerade als er erneut fragen wollte, trat sie an den Wagen heran und stieg ein. Nachdem sie die Tür geschlossen hatte, schob sie ihre Kapuze zurück. Ihr Haar war feucht und ein Wassertropfen kullerte ihr über die Wange. Sie hob den Saum ihres Shirts an und wischte damit über ihr Gesicht. „Ich bin völlig durchnässt. Ich hoffe, es macht dir nichts aus, wenn ich deinen Sitz ganz nass mache."

Er gluckste. „Ich bin wahrscheinlich noch durchnässter als du."

Sie blickte hinüber, und ein langsames Lächeln breitete sich auf ihrem Gesicht aus. „Warst du am Arbeiten, als der Regen angefangen hat?"

„Ja. Zuerst hat es nur genieselt, also habe ich

weitergemacht. Was sich als weniger gute Idee herausgestellt hat, denn als Nächstes hat es dann angefangen zu schütten."

Heath legte den Gang ein und schaute zur Seite, bevor er zurück auf die Straße fuhr. Vivi sagte während der kurzen Fahrt zu ihrem Haus nichts. Als er in ihrer Einfahrt anhielt, blickte sie zu ihm hinüber. Sein ganzer Körper spannte sich an. Ihr dunkles Haar kringelte sich in feuchten Locken um ihr Gesicht, und ihre blauen Augen stachen in dem grauen Licht hervor. Ihre Jacke war aufgegangen. Der feuchte Stoff ihres Shirts zeichnete die Kurven ihrer Brüste und ihre prallen Brustwarzen nach. Plötzlich durchfuhr ihn ein Lustschauer. *Oh, verdammt. Vivi braucht bloß auftauchen, und dein Kopf ist wie leergefegt.* Da hörte er, wie sie Luft holte, und riss die Augen auf.

„Möchtest du mit reinkommen?", fragte sie.

Ihre Frage war ziemlich überflüssig. Wann immer sie ihn irgendwohin einlud, würde er hingehen. Denn er wollte doch bloß mit ihr zusammen sein. Im Laufe des Jahres hatte er immer wieder an sie gedacht, aber er hatte sich immer wieder eingeschärft, noch warten zu müssen. Nachdem es ihm gelungen war, die Scherben seines Lebens seit dem Unfall zusammenzukehren, und er endlich das Gefühl hatte, aus dem Schatten herauszutreten, hatte er eine Ahnung davon bekommen, was sich zwischen ihnen entwickeln könnte. Und dann hatte er sie geküsst – wieder und wieder. Das hatte sämtliche Schleusen geöffnet, und er hatte erkannt, dass sein Herz nur einer Frau gehörte. Es hieß, dass das bei Shiftern manchmal der Fall sein soll, aber schon vor seinem Unfall hatte Heath mit dieser Theorie nicht allzu viel anfangen können. Doch nun, wo sich sein Verlangen und seine Gefühle in ihm entfalteten, wusste er mit Gewissheit, was Vivi für ihn war.

Sie wandte den Blick ab und begann, ihren Regenmantel fester zuzuziehen. Dann griff sie nach der Türklinke. „Also, äh, danke fürs Mitnehmen ..."

„Warte, ich komme mit rein. Ich dachte, ich hätte das gesagt."

Ihre Augen weiteten sich und sie seufzte. „Oh. Na gut. Dann lass uns reingehen."

Sie hetzten durch den Regen, der auf der Fahrt zu ihrem Haus immer stärker geworden war. Als sie drinnen waren, hängte Vivi ihren Regenmantel auf, zog ihre Schuhe aus und bedeutete ihm, es ihr gleich zu tun. Sie lief zwischen Wohnzimmer und Küche hin und her, knipste ein paar Lampen an, bevor sie sich an den Küchentisch lehnte und ihn ansah. „Wie wäre es, wenn ich uns etwas zu essen mache?"

„Zu Essen sage ich nie nein. Wann kommt Julianna nach Hause?"

„Oh, die ist mit meiner Mom zum Abendessen und Filmabend verabredet. Das machen sie einmal im Monat, freitags."

„Klingt doch prima."

Vivi lächelte. „Sie lieben es beide." Dann stieß sich von der Theke ab und drehte sich um, um den Kühlschrank zu öffnen. „Schauen wir mal, was wir haben."

Sie trug eine marineblaue Leggings mit einem dieser taillierten T-Shirts, die sie so gerne anhatte, in diesem Fall ein leuchtendes Lila. Seine Augen verfolgten die Linien ihrer Beine bis hin zu den üppigen Rundungen ihrer Hüften. Kurzerhand ging er ein paar Schritte auf sie zu und strich mit seinen Händen an ihrer Taille entlang und über ihre Hüften. Sein Herz pochte wie wild und das Verlangen kribbelte in ihm. Er hörte, wie sie schnell einatmete. Sie ließ die

Kühlschranktür zufallen und drehte sich in seinen Armen. Da trafen sich ihre Blicke. Er konnte das Flattern ihres Pulses an ihrem Hals sehen. Als sie eine Hand hob und über seine Brust strich, ließ er sie los und schmiegte ihre Lippen an seine. Anschließend umfasste er ihren Po und zog sie an sich. Er stöhnte in ihren Mund, als er spürte, wie sich ihr weicher und starker Körper an ihn anschmiegte.

Er tauchte in die warme Süße ihres Mundes ein. Dann zog er sich zurück, vergrub sein Gesicht in ihrem Hals und atmete ihren Duft ein – ein Hauch von Lavendel, gemischt mit dem kühlen Regen, der auf ihrer Haut lag. Er hob sie in seine Arme und steuerte geradewegs auf ihr Schlafzimmer zu, wobei er heiße Küsse auf ihrem Hals verteilte. Schon stießen seine Knie an die Bettkante. Er hielt sie fest und ließ sie langsam nach unten gleiten. Dann erhob er sich und riss sich das Hemd vom Leib. Sie stützte sich auf und tat es ihm gleich, warf ihr Shirt auf den Boden und schlüpfte aus ihren Leggings. Wieder trug sie einen gepunkteten BH, diesmal mit leuchtend grünen Tupfen. Sie hatte ihm bereits von dem verhängnisvollen Einkaufsbummel erzählt, bei dem Julianna darauf bestanden hatte, dass alles, was sie kauften, gepunktet war. Ihm schlug das Herz bis zum Hals, so süß war das.

Während er sie so ansah, sank er mit einem Knie auf das Bett, legte seine Handfläche auf ihren Oberkörper und drückte sie langsam zurück auf das Bett. Einen Augenblick lang spürte er ein Zögern. Dann entspannte sie sich und streckte sich aus. Er betrachtete sie, ihr dunkles Haar, das noch feucht vom Regen war, lag zerzaust auf dem Bett. Und so sanft die Kurven ihres Körpers auch waren, sie ließen doch erahnen, welche Kraft in ihr steckte. Weibliche Shifter waren bemerkenswert stark, und Vivi war da keine Ausnahme. Er strich mit einer Handfläche über ihre Wade und glitt über die weiche Haut. Ihm gefiel, wie sie daraufhin scharf einatmete. Er bewegte sich weiter, strich über ihren Oberschenkel und ließ seine Finger über ihr Höschen gleiten. Er konnte die feuchte Hitze durch den Baumwollstoff spüren und musste sich sehr zurückhalten, um ihn ihr nicht herunterzureißen und in sie einzutauchen. Unruhig schob sie sich hin und her.

Schließlich fuhr er mit dem Daumen über den Rand ihres Höschens und zog es ihr aus. Mit Schwung ließ er es in die Ecke fliegen. Dann stieß er in ihre Spalte, die glitschig vor Feuchtigkeit war. Ein leises Stöhnen kam aus ihrer Kehle, als er seinen Finger in ihre Mitte einführte. Sie war so feucht, dass er fast in seiner Jeans kam. Er hielt durch, aber nur knapp. Schnell schob er ihr Knie zur Seite und beugte sich vor, um sie zu kosten.

———

Vivi kam fast auf der Stelle. Seit dem Augenblick, in dem sie in seinen Wagen gestiegen war, kochte sie vor Verlangen. Heaths Finger streichelten ihren Kanal, und sie wölbte sich in seiner Berührung. Mit seiner Zunge und seinen Fingern machte er sie rasend. Ihre Hüften bewegten sich aus eigenem Antrieb, reagierten auf jede kleinste Berührung. Aus der Ferne hörte sie ihre unterbrochenen Schreie und Heaths Namen, der über ihre Lippen kam. Sie tauchte in das Gefühl ein und jagte dem Vergnügen nach. Er trieb sie immer höher und höher, das Verlangen zog sich in ihr zusammen, bis er mit seiner Zunge über ihren Kitzler strich. Da zerbarst sie, und eine Welle der Lust überflutete sie. Er verstummte, und zog sich langsam zurück. In dem Moment öffnete sie die Augen und sah, wie er aufstand und schnell seine Jeans herunterschob. Dann zog er ein Kondom aus seiner Tasche. Er hob seinen Blick und sah ihr in die Augen, sein Blick war heiß und elektrisch. Davon hätte sie sich nie lösen können, selbst wenn sie es versucht hätte.

Die Matratze gab nach, als sein Knie auf ihr ruhte. Dann beugte er sich über sie, seine Hände umfassten ihre und er stützte sich mit seinen Ellbogen links und rechts von ihrem Gesicht ab. Sie wand sich in seinem Griff, als er seine Finger mit ihren verschränkte. Ihr Puls raste und ihr Bauch spannte sich an vor Verlangen. Sie konnte seinen harten Schaft an sich spüren. Ihr Körper zitterte noch immer vom Nachhall ihres Höhepunkts. Sie war so empfindlich, dass die sanfte Bewegung seiner Hüften ihr einen weiteren Lustschauer durch den Körper jagte. Sein Blick verließ den ihren nicht, und sie öffnete sich ihm bedingungslos. Da senkte er seinen Kopf und schmiegte seine Lippen an die ihren − ein ganz kurzer Kuss −, bevor er sich zurückzog. Sie atmete ganz flach und rasch und ihr Körper spannte sich an. Die Vorfreude heizte ihr Verlangen nur noch mehr an. Unwillkürlich beugte sie sich ihm entgegen, und er drang tief in sie ein. Sie schnappte nach Luft und ihre Augen fielen zu.

Er fühlte sich so gut an − so unglaublich gut. Aber es war nicht nur das Körperliche. Es war die beinahe brennende Glut zwischen ihnen − eine Mischung aus reinem körperlichen Bedürfnis und emotionaler Leidenschaft. Er hielt einen heißen Augenblick lang still und begann dann, sich zu bewegen − in langen, langsamen, tiefen Stößen. Er ließ seine Hüften gegen sie kreisen, während sie jeden Stoß erwiderte. Hitze kochte in ihr auf. Die anhaltenden Höhepunkte ihres

Körpers ließen sie erzittern. Sein Blick brannte sich in sie – dunkel und entschlossen. Ihr Innerstes zog sich zusammen, als er begann, sich immer schneller zu bewegen. Sie schlang ihre Beine um seine Hüften und trieb ihn weiter an, bis er wieder und wieder in sie hinein rammte. Auf der Jagd nach der süßen, heißen Erlösung krümmte sie sich ihm entgegen, als er seinen Kopf neigte und ihre Brustwarze erfasste. Er ließ seine Zunge um den Nippel kreisen und biss sanft in ihn hinein, gerade als er erneut in sie stieß. Dann donnerte ihre Erlösung durch ihren Körper. Ein rauer Schrei drang aus ihrer Kehle. Er hob seinen Kopf und schloss seine Hände in ihre. Ein weiterer tiefer Stoß, und sein Körper versteifte sich, bevor er ebenfalls erschauderte und mit einem gedämpften Stöhnen gegen sie sank.

Er ließ ihre Hände los und rutschte auf ihre Seite. Dann lagen sie ganz ruhig da, ineinander verschlungen und schweißnass. Heaths Herzschlag pochte gegen ihre Seite. Ihr Atem wurde langsamer im Einklang mit dem seinen. Als sie den Kopf drehte und seine grünen Augen sah, überkam sie ein tiefes Gefühl der Vertrautheit. Sie fühlte sich wie losgelöst, wild und innerlich ungebunden. Plötzlich bewegte er sich. Er nahm sie in seine Arme und stand auf. Ohne ein Wort zu sagen, betrat er das Badezimmer, das an ihr Schlafzimmer grenzte. Er knipste das Licht an und ließ sie langsam hinunter. Innerhalb von Sekunden hatte er die Dusche angestellt und Dampf erfüllte den Raum. Er betrat die Kabine und zog sie hinter sich her. Während das heiße Wasser sie umspülte, fuhr er mit seinen Händen durch ihr Haar und sah ihr in die Augen. Gefangen in der Nähe seines Blicks, stieg in ihr ein beklemmendes und unsicheres Gefühl auf. Als könnte er ihre Gedanken lesen, strich er mit einer Hand über ihre Wirbelsäule, und seine Berührung beruhigte sie.

KAPITEL NEUN

Heath beugte sich vor und stellte seinen leeren Teller auf den Kaffeetisch. Nachdem sie geduscht hatten, hatte Vivi ein paar Sandwiches vorbereitet. Nun saßen sie im Wohnzimmer auf der Couch. Jax hatte sich in der Ecke zusammengerollt und war damit beschäftigt, sich zu putzen, nachdem er durchnässt vom Regen hereingekommen war. Vivi stand auf, schnappte sich Heaths Teller und trug ihn zusammen mit ihrem eigenen in die Küche. Sie kam mit einer Flasche Wein und zwei Gläsern zurück. Er sah ihr dabei zu, wie sie die Gläser füllte. Dabei fiel ihr ihr feuchtes Haar über die Schultern, während sie sich nach vorne lehnte. Sie hatte sich eine weite Baumwollhose und ein Sweatshirt angezogen. Er war zu seinem Wagen gegangen, um sich die Klamotten zu besorgen, die er dort aufbewahrte. Er hatte lange genug auf dem Bau gearbeitet, um zu wissen, dass es klug war, immer etwas Sauberes zur Hand zu haben, also trug er eine ausgeblichene Jeans und ein sauberes Flanellhemd. Vivi hatte seine nassen Sachen gleich in die Waschmaschine geworfen.

Alles in allem war der ganze Abend so gemütlich,

dass er sich fast schon ein wenig verunsichert fühlte. Er wusste zwar genau, wohin er mit Vivi zu gehen hoffte, aber das hier fühlte sich fast zu gut an, um wahr zu sein. Außerdem dachte er darüber nach, wie er ihr von Rogers Verdacht gegen Chris erzählen sollte. Er wollte nicht zu lange warten und riskieren, dass sie es von jemand anderem erfuhr. Als sie sich auf die Couch plumpsen ließ und ihm ein Glas Wein hinhielt, nahm er es entgegen und genehmigte sich sofort einen kräftigen Schluck.

„Ich habe Neuigkeiten von Roger", begann er und entschied sich für den schnellen, direkten Weg.

Sie lehnte sich in die Kissen und schlug die Beine übereinander. Dabei sah sie so entspannt aus, dass er seine Worte am liebsten zurückgenommen hätte. Dass Vivi so entspannt aussah, bekam er nicht oft zu sehen. Normalerweise sprühte sie nur so vor Energie. Allerdings hatte sie in den letzten Monaten, wenn sie in seiner Nähe gewesen war, auch eine gewisse Zurückhaltung an den Tag gelegt. In diesem Augenblick fiel ihr Haar leicht verstrubbelt über ihre Schultern. Ihre Augen leuchteten warm, und die Sorgenfalten waren aus ihrem Gesicht verschwunden. So sehr er auch in Versuchung kam, zu vergessen, was er eigentlich sagen wollte, sie musste es hören, und es wäre ihm lieber, wenn sie es von ihm hörte.

Sie schnappte sich eine weiche Kuscheldecke von der Sofalehne und legte sie sich auf den Schoß, während sie an ihrem Wein nippte. „Jede Neuigkeit ist eine willkommene Abwechslung. Es kommt mir so vor, als ob wir seit Monaten immer nur das Gleiche hören."

„Stimmt. Na ja, aber ich bin mir nicht sicher, was du davon hältst. Du weißt ja, dass Daniel und ich die Gegend ausgekundschaftet haben?" Als sie nickte, fuhr er fort. „Vor ein paar Tagen sind wir zu einem der

Grundstücke gefahren, die die Polizei vor Monaten durchsucht hat. Dort haben wir einen Shifter gesehen, einen Typ, der mir nicht bekannt war. Es war mit Sicherheit nicht Nelson, aber wer auch immer es war, er wollte nicht gefunden werden. Jedenfalls meldeten wir uns bei Roger, und …" Er hielt inne und fuhr sich mit der Hand durch die Haare, sein Magen verkrampfte sich vor Anspannung. Es war nicht leicht, ihr zu sagen, dass Juliannas Vater verdächtigt wurde, Teil des Schmuggelnetzwerks der Shifter zu sein, und verdammt, er hatte keinen blassen Schimmer, wie er diesen Schlag entschärfen sollte. Er nahm einen weiteren Schluck von seinem Wein und fuhr fort. „Roger hält es für wahrscheinlich, dass es Chris war."

Vivis Augen weiteten sich und ihre Hand flog zu ihrem Mund. „Was?! O Gott! Bitte sag mir, dass das nicht wahr ist. Warum in aller Welt glaubt Roger, dass er es war?" Sie nahm einen kräftigen Schluck von ihrem Wein, die Augen auf Heath gerichtet.

„Weil einer der Typen, die sie kürzlich verhaftet haben, ausgesagt hat, dass es wahrscheinlich Chris war. Anscheinend hat Chris Aufträge für Nelson übernommen. Ich weiß ja, dass du keinen Kontakt zu ihm hattest …"

Da unterbrach Vivi ihn. „Seit über drei Jahren nicht mehr. Als er erfahren hat, dass ich schwanger war, hat er sich aus dem Staub gemacht. Ich habe ja schnell begriffen, dass er nicht grade der feinste Kerl ist, aber … ach was soll's. Sag mir einfach alles, was Roger weiß."

„Abgesehen davon, dass sie herausgefunden haben, dass er in der Gegend für Nelson gearbeitet hat, ist er anscheinend wegen Dealens in Boulder verhaftet worden. Bei seiner Rückkehr nach Painter hat die Polizei in Boulder die Jungs hier vorgewarnt, weil das

Netzwerk gerade in vollem Gange ist. Mehr weiß Roger nicht.“

Vivi lehnte sich wieder in die Kissen zurück und seufzte. „Das ist echt ätzend. Ich habe ja noch hingenommen, dass Chris kein Interesse daran hat, Vater zu sein, aber das ändert doch nichts daran, dass er nun mal Juliannas Vater ist. Sie fragt manchmal nach ihm und jetzt weiß ich nicht, was ich sagen soll. Nicht nur, dass ihr Dad ein Loser ist, der sich nicht um sie schert; jetzt muss ich mir auch noch Sorgen machen, dass er in das Schmugglernetzwerk verwickelt ist. Das ist doch furchtbar. Diese Shifter haben uns alle in Gefahr gebracht. Wenn wir hier keine Shifter bei der Polizei hätten, hätten wir ein echtes Problem. So wie es aussieht, tun sie alles, was sie können, um zu verheimlichen, dass es Shifter sind. Jetzt weiß ich erst, was für ein Dreckskerl Chris wirklich ist.“

Heath wusste nicht, was er sagen sollte. Er hätte ihr so gerne versprochen, dass alles gut werden würde, aber das konnte er nicht. Er konnte Vivi und Julianna ja vor vielem beschützen, aber nicht vor der Wahrheit über Chris’ riskante und verhängnisvolle Entscheidungen. Kalte Wut stieg in ihm auf. Er verabscheute die Art von Mann, die Chris war. Es machte ihn krank, wenn er nur daran dachte, wie Chris Vivi verletzt und Julianna im Grunde im Stich gelassen hatte. Er warf einen Blick auf Vivi. Ihre Augen schimmerten vor Tränen. Er wollte die Hand nach ihr ausstrecken, aber sie schüttelte heftig den Kopf. Stattdessen wischte sie sich über die Augen und schnappte nach Luft.

„Das ist bloß eine weitere Sache, die ich Julianna erklären muss, wenn sie alt genug ist, um das zu begreifen. Du hast ja keine Ahnung, wie sehr ich mir wünsche, ich könnte in der Zeit zurückgehen und hätte genug Verstand, um Chris so zu sehen, wie er war. Und gleichzeitig weiß ich genau, dass ich die Ereignisse, die Julianna in mein Leben gebracht haben, nicht eine Sekunde lang ändern würde. Ich wünschte nur, ich könnte einerseits sie haben, aber könnte ihr andererseits auch einen Vater bieten, der kein komplettes Arschloch ist und sich wirklich um sie kümmert."

Heath nahm auf, was sie gesagt hatte, und biss sich auf die Zunge. Am liebsten hätte er ihr versichert, dass alles in Ordnung kommen würde, weil er für Julianna der Vater sein würde, den sie nie hatte, aber er fand, dass das für Vivi im Moment zu schnell und zu weit gehen würde. Im Augenblick brauchte sie Zeit, um sich damit abzufinden, was Chris vielleicht vorhatte. „Vielleicht ist es Chris, vielleicht aber auch nicht. Das werden wir erst wissen, wenn sie ihn verhaftet haben."

Vivi zuckte mit den Schultern. „Ich gehe fest davon aus, dass er es ist. Ich habe das zwar nie erwähnt, aber hier und da habe ich mich schon gefragt, ob er wohl in so etwas verwickelt sein könnte. Ich wollte es nicht glauben, aber er hat immer den einfachen Weg gesucht, und er hat sich nicht viel aus irgendeiner Art von Verantwortung gemacht. So ist er auch an die ganze Vatersache herangegangen. Er hat sich so aufgeführt, als wäre das alles eine Riesenlast für ihn gewesen. Als ich ihm von meiner Schwangerschaft berichtet habe, war Schluss. Vielleicht wäre alles anders gekommen, wenn ich mich gegen Julianna entschieden hätte, aber das wage ich zu bezweifeln. Das Schmuggeln hätte ihn in jedem Falle angelockt, weil es gutes Geld bringt und überdies ziemlich gefährlich ist. Es überrascht mich nicht, dass er in Boulder wegen Dealerei verhaftet worden ist. Ich möchte nur, dass er dingfest gemacht wird. Ich möchte, dass es vorbei ist, damit ich Gewissheit habe. Ich würde Julianna jetzt auf keinen Fall davon erzählen, aber so habe ich ein paar Jahre Zeit, um mir zu überlegen, wie ich ihr beibringen kann, dass ihr Vater sich nicht nur einen Dreck um sie schert, sondern auch noch ein Krimineller ist."

Vivis Stimme klang verbittert und müde. Heaths Gedanken überschlugen sich, als er darüber nachdachte, wie er das wieder gut machen konnte. Doch da fiel ihm nichts ein. Es war, was es war. Ob Chris nun in das Schmugglernetzwerk verwickelt war oder nicht, das änderte auch nichts an dem, was Julianna insgesamt über ihren Vater hinnehmen musste. Die Wut in seinem Bauch zog sich weiter zusammen. Heath konnte das vielleicht nicht wiedergutmachen, aber trotzdem war er stinksauer darüber. Er sah zu Vivi hinüber und streckte seinen Arm über die Rückenlehne der Couch, um seine Hand um ihren Nacken zu legen. Dieses Mal wehrte sie sich nicht dagegen. Sie entspannte sich in seiner Berührung, während er langsam ihren Nacken massierte und die dort aufgebaute Spannung löste.

Nach einigen ruhigen Augenblicken setzte Jax' Schnurren ein. Heath gluckste. „Jax ist tatsächlich der Olympiasieger im Schnurren."

Vivi drehte ihren Kopf zur Seite, ein langsames Lächeln umspielte ihre Mundwinkel. „Allerdings." Sie hielt inne und holte tief Luft. „Danke, dass du mir von Chris erzählt hast. Ich weiß, dass dir das nicht leichtgefallen sein kann."

„Das war für mich nie eine Frage. Mir war von Anfang an klar, dass du es wissen musstest."

Sie hielt seinen Blick einen langen Augenblick lang fest. Dann spannte sich sein Körper an, und dieses vertraute Bedürfnis durchströmte ihn.

———

Am folgenden Nachmittag fuhr Vivi die kurvenreiche Landstraße entlang. Die Straße schmiegte sich an den Berghang. Blätter flatterten in der Brise. Die Straße war von den Schatten der Bäume und den wehenden Blättern gesprenkelt. Während sie so dahinfuhr, zog sich das Gefühl der Anspannung in ihrem Magen immer stärker zusammen. Sie hatte niemandem gesagt, dass sie hierherkommen würde, aber sie war fest entschlossen, Chris selbst aufzuspüren. Sie nahm nicht an, dass er ihr etwas antun würde, aber sie wollte mit ihm reden. Heath hatte ihr erzählt, wo er und Daniel neulich auf die Suche gegangen waren, und so wusste sie, dass sie nach einer alten, überwucherten Straße suchen musste, die in den Wald führte. In den Jahren, in denen sie in Painter aufgewachsen war, hatten sie und Sophia fast jeden Winkel in den Bergen um Painter erkundet. Sie erinnerte sich an dieses alte Waldgrundstück noch aus der Zeit, als Daniels Großvater das Land bestellt hatte. Sie hatte es gehasst, die kargen, baumlosen Landstriche zu sehen. Wie erleichtert war sie gewesen, als die Abholzung eingestellt worden war. Es war Jahre her, dass sie sich auf dieser Seite der Stadt umgesehen hatte, aber sie wusste, wo sie suchen musste. Die überwucherte Straße war genau dort, wo sie sich erinnerte. Langsam bog dir sb. Abgebrochene Äste und Laub verrieten ihr, dass es die richtige Straße war, denn Heath und Daniel waren bereits hier durchgefahren.

Sie folgte den Reifenspuren der Männer bis zu der Stelle, an der sie auf einer kleinen Lichtung geparkt haben mussten. Auf der Lichtung befanden sich einst einige behelfsmäßige Gebäude, in denen die schwere Holzfällerausrüstung gelagert wurde. Sie stieg aus ihrem Wagen und blieb daneben stehen. Die Herbstluft war kühl, ihr Duft frisch und belebend. Am Rande der Lichtung ragte der Wald hoch auf. Sie überquerte die Lichtung und betrat den Wald. Sonnenlicht fiel durch die Bäume, schräge Lichtstrahlen erhellten den Wald. Einen Augenblick lang hielt sie still, dann wandelte sie sich. Sie wurde plötzlich von einer unbändigen Macht durchströmt. In Sekundenschnelle streckte sie sich in ihrer Katzengestalt. Die sanfte Brise strich durch ihr Fell. Sie richtete sich auf und schnupperte die Luft, in der Hoffnung, einen Hinweis auf Chris in der Nähe zu erhaschen. Doch sie hatte kein Glück. Sie roch nichts außer dem erdigen Hauch von Herbst und Blättern, die im Wind wehten.

Sie blickte sich um und begann, langsam durch den Wald zu laufen. Da erinnerte sie sich, dass es ein paar Kilometer von hier entfernt Höhlen gab. Sie wusste zwar nicht, wo Chris sich verstecken mochte, aber sie beschloss, dort anzufangen, wo er Schutz finden konnte. Sie schlängelte sich durch die Bäume und wurde dabei immer schneller. Zwei Eichhörnchen schnatterten ihr von einem Baum aus zu, als sie an ihnen vorbeikam.

Das Gelände wurde zunehmend felsiger, je tiefer sie in die Berge vordrang. Sie bewegte sich schnell und leise, ihre Sinne waren auf jede Veränderung um sie herum eingestellt. Als sie sich dem Gebiet näherte, in dem sich die Höhlen befanden, wehte ein Windstoß durch die Bäume. Sie witterte einen anderen Shifter. So blieb sie unvermittelt stehen und wartete in aller Ruhe. Ganz in der Nähe meldete sich eine Krähe. Ein Streifenhörnchen huschte vor ihr über den Boden und betrachtete sie einen Augenblick lang, bevor es zwischen zwei Felsbrocken hindurchhuschte. Ihre

Haut kribbelte, als sie spürte, dass der andere Löwe näher kam.

Einen Augenblick lang blieb sie stehen, bevor sie sich fast lautlos auf einen Ast schwang. Aus der Höhe hatte sie eine bessere Sicht durch die Bäume, und sie erspähte das andere Tier, das leise durch die Bäume schlich. Zuerst hatte sie keine klare Sicht, aber als der Shifter näher kam, erkannte sie, dass es sich um Chris handelte. Sie hatte nicht viel Hoffnung gehabt, aber an die wenige Hoffnung, die sie verspürt hatte, hatte sie sich ganz fest geklammert. Sie hatte inständig gehofft, dass sie sich in Chris getäuscht hatte und er nicht so bescheuert war, sich auf das Schmugglernetz einzulassen. Sie wollte nicht, dass Julianna irgendwann einmal diese Einzelheit über ihren Vater erfahren musste. Als dieser winzige Funken Hoffnung verglühte, stieg unbändiger Zorn in ihr auf. Ohne nachzudenken, rappelte sie sich auf und stürzte sich durch die Bäume direkt auf Chris zu.

Schnell schloss sie zu ihm auf und gab dabei jeden Versuch auf, sich ihm unbemerkt zu nähern. Chris wirbelte herum und knurrte, als sie sich durch die Bäume schlängelte und auf die Klippe sprang, auf der er gerade herumlief. Sie zögerte keine Sekunde und sprang knurrend auf ihn zu, die Krallen ausgefahren, und erwischte ihn an der Schulter. Sie wusste, dass er sie erkannt hatte, denn er zögerte einen Sekundenbruchteil, bevor er sie ebenfalls anknurrte, als er ihr auswich. Erneut griff sie ihn an und erwischte ihn diesmal genau in den Nacken. Er stieß ein Brüllen aus und ging im Gegenzug auf sie los. Was anfangs ein unbeholfener Kampf seinerseits gewesen war, wuchs sich zu einem heftigen Kampf aus, in der sich zeigte, wie verzweifelt er eigentlich war. Sie wurde von ihrem eigenen Zorn getrieben, einem Zorn, der aus der schwelenden Wut entstand, die sie seit Jahren in sich trug – Wut auf sich selbst, weil sie sich in Chris verliebt hatte, und Wut auf ihn, weil er sich einen Dreck um Julianna scherte.

Vivi wich aus und wirbelte herum, als Chris sie angriff. Obwohl sie zusammen gewesen waren und sie ein paar Mal mit ihm als Löwe in den Bergen unterwegs gewesen war, hatte sie ihn noch nie kämpfen sehen. Er war zwar etwas ungeschickt, aber kräftig. Sie bedrängte ihn, bis sie ihn fast in die Enge getrieben hatte und er zwischen den Felsen feststeckte. Gerade als sie dachte, sie könne ihn überwältigen, stürzte er sich auf sie und bohrte seine Krallen in ihre Schulter. Ein stechender Schmerz durchzuckte sie, und sie schrie auf. Er war gerade kräftig genug, um sie festzuhalten. Angst stieg in ihr auf und verdrängte das Adrenalin. Sie gab jedoch nicht auf, knurrte und schlug ihre Krallen in sein Gesicht.

Plötzlich ließ Chris von ihr ab und trat einen Schritt zurück. Er warf ihr einen langen Blick zu, bevor er davonlief und durch die Bäume raste. Sie rappelte sich auf und setzte zur Verfolgung an, bevor sie innehielt. Sie war sich nicht sicher, was sie nun tatsächlich tun wollte. Sie war hierhergekommen, weil sie wissen musste, ob es Chris war. Nun hatte sie ihre Antwort. Nur ihre brodelnde Wut hatte sie zum Kämpfen getrieben. Sie hätte ihn zwar weiter verfolgen können, aber sie glaubte nicht, dass es ihr gelingen würde, ihn allein zu überwältigen und zu stellen. In der kalten Luft bildete ihr Atem kleine Dampfwölkchen. Sie hörte Chris rennen, und das Geräusch, wie er sich durch die Bäume schlängelte, wurde immer leiser, je weiter er sich entfernte. Da wandte sie sich ab und kehrte zu ihrem Auto zurück. Ihre Schulter brannte vor Schmerz von den tiefen Furchen seiner

Krallen. Der greifbare, körperliche Schmerz spiegelte ihren Gefühlszustand wider – eine Mischung aus Angst und Traurigkeit. Wenn es nicht um Julianna ginge, wäre Vivi nicht einmal sauer. Sie wollte bloß Julianna vor dem Schmerz des Verlustes bewahren und davor, zu erfahren, dass sie einen Vater hatte, der sich nicht einmal um sie kümmern wollte. Als Vivi die Lichtung erreichte, ging gerade die Sonne auf dem Bergkamm jenseits der Bäume unter. Der Himmel war ein Aquarell aus sanftem Gold und Orange, und die letzten Sonnenstrahlen brachen durch die Bäume.

KAPITEL ZEHN

Heath schob sich durch die Tür ins Mile High Grounds, ein Windstoß folgte ihm in den Coffeeshop. Es war wieder ruhig hier, denn es war später Nachmittag, zu der Zeit kam er am liebsten hierher. Er war gerade damit fertig geworden, Daniel beim Austausch der letzten Fenster im Farmhaus zu helfen, und konnte nun einen Schuss Koffein gut gebrauchen.

„Hey Heath!", rief Sophia und ihre Stimme hallte durch den Raum.

„Hey Soph", antwortete er, als er sich dem Tresen näherte, an dem sie wartete. „Wie geht's?"

„Gut. Daniel hat gerade angerufen und berichtet, dass ihr mit den Fenstern fertig seid." Sophia grinste und klatschte leise die Hände zusammen. „Vielen Dank, dass du ihm dabei geholfen hast. Ich glaube nicht, dass wir dieses Jahr hätten einziehen können, wenn du das nicht getan hättest. Durch dich ist alles doppelt so schnell gegangen."

Heath zuckte mit den Schultern. „Kein Problem. Die Arbeit hat mich auf Trab gehalten, während ich ein paar Aufträge an Land gezogen habe. Und für dich würde ich ohnehin alles tun.“

Sophias Grinsen wurde breiter. „Es ist einfach klasse, dass dein Geschäft tatsächlich langsam in Schwung kommt. Du weißt hoffentlich, dass Daniel dir bei all deinen Vorhaben helfen wird. Falls du jemals ein eigenes Haus möchtest, natürlich.“

„Irgendwann einmal.“ Sofort kam ihm Vivi in den Sinn, denn sie war die einzige Frau, die in ihm die Sehnsucht nach Häuslichkeit weckte. „Aber wie wäre es fürs Erste mit einem Kaffee?“

„Natürlich, was darf es denn heute sein?“

„Heute nehme ich mal zur Abwechslung einen Mocha Latte. Ich könnte das Koffein und den Zucker gut gebrauchen.“

„Kommt sofort“, rief Tommy von seinem Platz hinter der Espressomaschine aus.

„Gibst du ihm eigentlich jemals einen Tag frei?“. fragte Heath, wobei sein Blick zwischen Tommy und Sophia hin und her hüpfte.

Sophia funkelte ihn an. „Aber natürlich! Er arbeitet nur fünf Tage die Woche. Zufälligerweise tauchst du immer dann nicht auf, wenn er mal nicht da ist.“

„Glaub ihr kein Wort, sie ist ständig mit der Peitsche hinter mir her“, konterte Tommy grinsend.

Heath gluckste und lehnte sich gegen den Tresen. Sophia wandte sich ab und griff nach einem Küchentuch, um den Tresen abzuwischen. Als sie zurückblickte, war ihr Blick ernüchtert. „Daniel hat mir von Chris erzählt. Hast du schon mit Vivi sprechen können?“

„Ich habe ihr gestern Abend davon erzählt. Sie war zwar aufgebracht, aber sie hat es letzten Endes gut weggesteckt. Am meisten beschäftigt sie, wie sich das Ganze auf Julianna auswirken wird.“

Sophia ließ das Handtuch in ihren Händen kreisen. „Das ist echt ätzend. Es ist schon schlimm genug, dass Julianna kaum einen Vater hat, aber wenn sich auch noch herausstellen sollte, dass Chris in das Schmugglernetzwerk verwickelt ist, wird Vivi Julianna das auch noch erklären müssen.“

„Ich weiß. Ich wünschte ...“

„Was wünschst du dir?“

„Ich wünschte nur, Chris wäre nicht so, wie er war. Vivi hat jemand Besseres verdient und Julianna einen Vater, der sich wirklich um sie kümmert. Hat Chris eigentlich auch nur irgendwas getan, um zu helfen, seit Julianna geboren worden ist?“ Heath glaubte, die Antwort auf diese Frage zu kennen, aber er musste es wissen.

Sophia schüttelte schnell den Kopf. „Nichts. In den ersten paar Jahren hat er uns ein paar Mal besucht, aber das war's auch schon. Er hat nie geholfen, sich um sie zu kümmern. Keine Unterhaltszahlungen. Nichts.“

In Heath wallte Wut auf. Jedes Mal, wenn er an Chris dachte, wollte er ihm am liebsten eine scheuern und ihn dafür bezahlen lassen, was er angerichtet hatte.

„Verdammtes Arschloch.“

Sophia nickte. „Da kann ich dir nicht widersprechen. Vivi versucht zwar, sich nicht allzu sehr davon beeindrucken zu lassen, aber das dürfte schwierig werden, sobald Julianna alt genug ist, um Fragen zu stellen.“

Tommy trat an den Tresen und reichte Heath seinen Kaffee. „Wohl bekomm's. Ein leichter Mocha, genau wie du ihn magst.“

Heath nahm einen kräftigen Schluck. „Ausgezeichnet. Hier, bitte.“ Er zückte sein Portemonnaie und

holte ein paar Scheine heraus, die er in das Trinkgeld-
glas steckte.

Tommy grinste, während Sophia die Augen
verdrehte. Nachdem Tommy nach hinten getreten war,
begegnete Sophia erneut Heaths Blick. Sie schien über
etwas nachzudenken. Gerade als Heath sie fragen
wollte, woran sie gedacht hatte, ergriff sie das Wort.
„Wie läuft's eigentlich mit Vivi?"

Heath dachte über die letzte Nacht nach – ein
weiteres Erlebnis mit Vivi, das ihn fast in die Knie
gezwungen und sie so fest in seinem Herzen verankert
hatte, dass er gar keine Ahnung hatte, wie es jetzt
weitergehen sollte. Manches wollte er seiner Schwester
nicht anvertrauen, aber er konnte ihre Sicht der Dinge
gut gebrauchen. „Gut, denke ich. Ich mache mir ein
wenig Sorgen darüber, was mit Chris los ist. Aus den
naheliegenden Gründen, aber auch, weil ich mir
Gedanken darüber mache, dass sie noch gereizter
wird, als sie ohnehin schon ist."

Sophia schnappte sich einen Stift vom Tresen und
drehte ihn zwischen ihren Fingern hin und her. „Wahrscheinlich", erwiderte sie schließlich.

„Wahrscheinlich? Was soll das denn nun schon
wieder heißen?" Eine gewisse Anspannung machte sich
in ihm breit. Am liebsten hätte er die Vergangenheit,
die Vivis Vertrauen so sehr erschüttert hatte, einfach
weggewischt, aber es lag nicht in seiner Hand, die
Vergangenheit zu ändern.

Sophia grinste. „Genau das."

„Was soll denn daran so lustig sein?" Langsam
wurde er so richtig genervt. Er wusste, dass Sophia ihn
nur necken wollte, aber Vivi bedeutete ihm zu viel, um
irgendetwas auf die leichte Schulter zu nehmen.

Sophia neigte ihren Kopf zur Seite. „Weißt du,

mich überrascht überhaupt nicht, dass du dich in Vivi verknallt hast. Mir war wohl nur nicht ganz klar, wie ungeduldig du sein kannst."

Heath schüttelte den Kopf und nahm einen Schluck Kaffee, um sich einen Augenblick Zeit zu verschaffen, seine Genervtheit in den Griff zu kriegen. „Ich bin überhaupt nicht ungeduldig. Ich weiß bloß genau, was ich möchte. Außerdem würde man doch annehmen, dass du dir wünschst, dass mir am Herzen liegt, wie sie sich fühlt."

„Aber natürlich tut es das!" Ihr Grinsen erlosch, und sie hörte auf, mit dem Stift herumzuspielen. „Julianna ist für sie das Wichtigste im Leben. Aus diesem Grund ist Vivi jedem Mann gegenüber äußerst zurückhaltend. Gelegentliche Dates sind für Alleinerziehende nicht gerade einfach. Wir beide wissen, dass du nicht vorhast, wieder abzuhauen, aber gib Vivi doch auch die nötige Zeit, das selbst zu erkennen."

Heath nahm einen weiteren Schluck Kaffee, genoss den bittersüßen Geschmack und seufzte. „Also gut. Ich werde versuchen, geduldig zu sein. Aber nachdem nun Chris bei den Ermittlungen aufgetaucht ist, mache ich mir einfach nur Sorgen."

―――――

Einige Zeit später lief Heath die Stufen der Veranda von Vivis Haus hinauf. Sie hatte ihm eine Textnachricht geschickt und ihn eingeladen, zum Abendessen vorbeizukommen. Er nahm das für den Augenblick als ein bemerkenswert gutes Zeichen. Sobald er an der Tür angekommen war, flog sie auf, und Julianna stürmte heraus und schmiegte sich an seine Beine.

„Heath! Mom hat gesagt, dass du wieder zum

Abendessen vorbeikommst, also habe ich sie gebeten, wieder knusprige Makkaroni mit Käse zu machen." Juliannas Kopf lag seitlich an seiner Hüfte, als sie mit großen braunen Augen zu ihm aufsah. Ihr dunkles Haar fiel ihr in zwei langen Zöpfen über den Rücken. Er legte ihr eine Hand auf den Rücken. Ihre Schulterblätter fühlten sich wie winzige Flügel an, als er sich vorbeugte, um ihr ein Küsschen auf den Kopf zu geben.

„Wirklich? Nun, du weißt ja, wie sehr mir die das letzte Mal geschmeckt haben. Damit kann man nichts falsch machen. Wie geht es dir heute eigentlich?", fragte er und strich ihr kurz über einen ihrer Zöpfe, als sie seine Beine losließ und zum Geländer huschte, um Jax in ihre Arme zu nehmen. Jax schmiegte sich an ihre Schulter und begann sofort zu schnurren.

Julianna sprach über ihre Schulter, während sie zurück in die Küche lief. „Mir geht's gut. Ich muss aber noch vor dem Abendessen meine Hausaufgaben erledigen."

Heath folgte ihr nach drinnen, und ein Wirbel kühler Herbstluft strömte mit den beiden hinein. Er schloss die Tür, aber konnte nicht verhindern, dass ein Blatt über den Boden segelte. Jax sprang sofort aus Juliannas Armen und stürzte sich auf das Blatt. Julianna musste kichern, während Jax das Blatt bezwang. Von der Theke aus fing Vivi Heaths Blick grinsend auf. Sein Herz setzte einen Schlag aus und Hitze durchflutete ihn. Bei ihrem Anblick schnurrte sein Löwe fast. Ihr Haar war zu einem lockeren Pferdeschwanz hochgesteckt, und Strähnen kringelten sich um ihr Gesicht. Sie trug eine Baumwollhose, die sich um ihre Hüften schmiegte und ihre Knöchel umspielte. Wie immer trug sie ein enges T-Shirt, das ihre Brüste betonte. Er brauchte sie nur anzuschauen, und schon war er erregt. Das Verlangen brodelte in ihm. Doch jetzt war weder der richtige Zeitpunkt noch der Ort, um das zu tun, was er wollte, nämlich sie herumzudrehen, sie über den Tresen zu beugen und ihr die Hose herunterzureißen, um in sie einzudringen. *Eindeutig nicht der richtige Zeitpunkt und Ort, Alter. Julianna fängt gleich mit ihren Hausaufgaben an. An sowas kannst du in ihrer Gegenwart doch nicht denken.*

Heath lachte fast laut auf, als ihm klar wurde, dass er vielleicht seine Gedanken kontrollieren konnte, aber sein Körper hatte seinen eigenen Willen. Als Vivis Blick den seinen traf, war es, als ob eine Flamme die Luft zwischen ihnen entzündete, und sein Körper war augenblicklich angespannt vor Vorfreude. Er kämpfte gegen diesen Drang an, schlüpfte aus seiner Jacke und hängte sie an die Garderobe neben der Tür, bevor er an den Küchentisch trat, wo Julianna gerade einen Ordner hervorholte. Erst als Vivis Stimme ihn erreichte, bemerkte er, dass er so von ihr eingenommen war, dass er sie noch nicht mal gegrüßt hatte.

„Hallo, wie schön, dass du es zum Abendessen geschafft hast."

Er nahm auf dem Stuhl gegenüber von Vivi Platz und blickte auf. Irgendwie kam er sich dumm vor. „Ich hätte das um keinen Preis verpassen wollen. Danke für die Einladung. Wie war dein Tag?"

Vivi hob eine Schulter und zuckte leicht mit den Schultern. „Viel zu tun auf der Arbeit. Und bei dir?"

„Daniel und ich haben heute die Fenster im Bauernhaus ersetzt. Sonst gibt es nichts Neues."

Vivi nickte und wandte sich ab, um einen Topf mit Wasser zu füllen. Als sie ihn auf den Herd stellen wollte, fiel ihm auf, dass sie eine Seite bevorzugte. In diesem Augenblick lenkte Julianna ihn ab, als sie auf den Stuhl neben ihm schlüpfte. „Heath, kannst du mir mal kurz helfen?"

Er warf einen Blick hinüber und sah ein Mathe-Arbeitsblatt. Unsicher, ob sie wollte, dass er Julianna bei den Hausaufgaben half, schaute er zu Vivi zurück. Die warf einen Blick über ihre Schulter und nickte. „Du kannst ihr gerne helfen, so viel du möchtest." Damit wandte sie sich um, zog eine Backform hervor und begann, Käse zu reiben.

Heath rückte seinen Stuhl neben Julianna und sah auf ihr Arbeitsblatt. Wenig später, nachdem Julianna sich durch mehrere Divisionsaufgaben gequält hatte, legte sie ihre Hausaufgaben sorgfältig in ihre Mappe zurück und stellte ihren Rucksack auf der Bank neben der Tür ab. Heath lehnte sich in seinem Stuhl zurück und blickte auf, als ihm auffiel, dass er von Vivi beobachtet wurde. Sie stand neben dem Herd. Ihre Blicke griffen direkt nach seinem Herzen. Genau das wünschte er sich für jeden Abend – das Gefühl, dass ihre Leben miteinander verwoben waren.

Als Julianna aus der Küche ins Bad stürmte, stand Heath vom Tisch auf und trat an Vivis Seite. Schnell senkte er den Kopf und hauchte ihr einen Kuss auf den Hals. Sie holte scharf Luft, und sein Schwanz wurde sofort hart. „Schön, dich zu sehen", murmelte er in gegen ihren Hals.

Dann hob er den Kopf und wich zurück, denn er wusste, dass er sich selbst nicht trauen konnte, wenn er so nah bei ihr blieb. Allein ihr Duft zerrte an seiner Beherrschung. In dem Augenblick, in dem er seinen Kopf hob, waren ihre Augen auf ihn gerichtet. „Ich freue mich auch, dich zu sehen", flüsterte sie leise. Das Piepsen des Ofens durchbrach den Augenblick. Vivi hob die Backform mit den Makkaroni und dem Käse an. „Würdest du mir bitte mal mit dem Ofen helfen?“, fragte sie und sah ihn an.

Schnell streckte er die Hand aus, um ihn zu öffnen. Sie schob die Backform hinein, und er schloss die Ofentür wieder. Da erreichte sie das Geräusch von Juliannas Schritten. Sie kam zurück in die Küche geeilt und zog einen losen Faden auf dem Boden hinter sich her. Jax war ihr auf den Fersen, stürzte sich auf das Garn und zerrte daran herum.

Vivi räumte den Geschirrspüler ein und schnappte sich ein Küchentuch, um die Arbeitsplatte abzuwischen. Heath hatte Julianna geholfen, das Geschirr in den Geschirrspüler einzuräumen und den Tisch abzudecken. Julianna hatte sich erneut Jax' Lieblingsgarn geschnappt und saß auf dem Boden, wo sie es in langsamen Kreisen hin und her zog, während er ihm hinterherlief.

„Zeit, sich bettfertig zu machen“, rief Vivi Julianna zu.

Julianna blickte auf, ihr Mund verzog sich. „Aber Mom, Heath ist doch da! Kann ich nicht noch ein bisschen aufbleiben?“

Vivi schüttelte entschieden den Kopf. „Morgen hast du Schule, und wir haben das doch schon besprochen. Die Abmachung war, dass Heath zum Abendessen kommen kann, solange du noch pünktlich ins Bett gehst. Wir haben ohnehin schon spät mit dem Abendessen angefangen, also musst du dich beeilen. Um viertel nach acht sollst du im Bett liegen.“

Julianna stieß einen langgezogenen Seufzer aus, erhob sich dann aber und schritt gemächlich zum Bad. Heath blickte von seinem Platz am Tisch hinüber und grinste. „Ich habe es immer gehasst, schlafen zu gehen."

Vivi lachte leise. „Haben wir das nicht alle? Die meiste Zeit ist sie ja ganz brav. Sie ist zwar nie begeistert, aber sie spielt mit. Wenn jedoch jemand da ist, beginnt sie immer ein wenig zu quengeln. Ich bin inzwischen besser darin geworden, sie rechtzeitig daran zu erinnern. Ehrlich gesagt, ich kann mich nicht beklagen." Sie deutete auf die Badezimmertür, wo sie Wasser laufen hören konnten. „Jetzt ist sie schon da drin und putzt sich die Zähne. Sobald sie herauskommt, um gute Nacht zu sagen, wird sie wahrscheinlich ziemlich bemitleidenswert dreinschauen, mach dich also auf alles gefasst."

Er gluckste und lehnte sich in seinem Stuhl zurück. „Du bist eine verdammt gute Mutter."

Sie errötete. Seit dem Tag, an dem sie Julianna in den Armen gehalten hatte, fühlte sie sich die Hälfte der Zeit wie im Blindflug. Sie machte sich Sorgen, dass sie an manchen Tagen zu nachsichtig und an anderen zu streng war. Als Julianna letztes Jahr mit ihrer Lehrerin aneinandergeraten war, hatte sie sich so klein gefühlt, als sie in die Schule gegangen war, um sich mit ihr zu unterhalten. Ihre Neigung, sich im Leben durchzuboxen, schien ihr nicht gerade der klügste Ansatz für Begegnungen mit der Schule zu sein, also hatte sie sich etwas einfallen lassen müssen, damit es klappte. Inzwischen war Julianna älter geworden und Vivi hatte das Gefühl, dass sie einiges richtig gemacht haben musste, denn Julianna war im Großen und Ganzen ein ziemlich braves Kind. Als sie zu Heath hinübersah, hatte sie das Gefühl, sehen zu können, wie sich in seinem Kopf einige Rädchen drehten.

„Was?", fragte sie verlegen.

Er schwieg ein paar Augenblicke lang und trommelte mit den Fingerspitzen auf den Tisch. „Es scheint, als wäre das alles nicht gerade einfach für dich gewesen. Julianna allein großzuziehen, meine ich."

Vivi hängte das Handtuch über den Griff der Ofentür und lehnte sich gegen den Tresen. „Nun … nein. Ich würde es keine Sekunde lang missen wollen, aber ich hatte ja keine Vorstellung davon, wie schwer es sein würde."

Er nickte langsam und das Klopfen seiner Fingerspitzen hörte auf. „Es tut mir leid, dass du das ganz allein durchstehen musstest."

Er klang dabei ganz heiser. Sie war sich nicht sicher, wie sie darauf reagieren sollte, aber sie hatte das Gefühl, dass sie etwas sagen sollte. „Es ist nun mal, wie es ist." Dann begann sie, sich von der Theke wegzudrücken, ein wenig zu schnell, und zuckte zusammen, weil die tiefe Schramme an ihrer Schulter so wehtat.

Heaths Augen verengten sich. „Alles in Ordnung?"

„Ja, ja, alles paletti", antwortete sie schnell.

In diesem Moment öffnete sich die Badezimmertür und Julianna trat heraus. „Fertig!" Sie eilte durch das Wohnzimmer in die Küche und stellte sich an Vivis Seite. „Kann ich bitte noch ein bisschen aufbleiben?" Dabei zerrte sie an Vivis Arm, was einen weiteren Schmerzschub in Vivis Schulter auslöste.

Bevor Vivi antworten konnte, ergriff Heath das Wort. „Weißt du noch, was deine Mom gesagt hat?"

Schließlich lockerte Julianna ihren Griff um Vivis Arm. Vivi atmete erleichtert auf. Die Schramme, die sie sich bei ihrem Kampf mit Chris zugezogen hatte, war tief und befand sich direkt auf ihrer Schulter, sodass eine falsche Bewegung den Schmerz direkt durch die aufgerissene Haut schießen ließ.

Julianna machte ein paar Schritte in die Mitte der

Küche und wickelte unschlüssig den Saum ihres T-Shirts um ihre Finger. Dabei kaute sie auf ihrer Lippe. „Sie hat gesagt, wir hätten eine Abmachung", verkündete Julianna mit ihrer Singsang-Stimme.

Vivi konnte sehen, dass Heath gegen ein Lächeln ankämpfte. Er hielt seinen Gesichtsausdruck sorgfältig unter Kontrolle. „Und wie lautet die Abmachung?"

„Wenn du zum Abendessen kommst, gehe ich pünktlich ins Bett", antwortete Julianna leise.

Heath nickte langsam. „Und?"

Julianna seufzte und ließ den Saum ihres T-Shirts fallen. „Also gut, dann gehe ich jetzt eben ins Bett."

Vivi biss sich auf die Lippe, um sich ein Lachen über Juliannas niedergeschlagenes Gesicht zu verkneifen. Sie trat von der Theke weg, kniete sich neben Julianna und ließ ihre Hände über ihre Arme gleiten. „Gute Nacht, Süße. Und vergiss nicht, deine Sachen in den Wäschekorb zu legen."

Julianna beugte sich vor und drückte Vivi einen stürmischen Kuss auf die Wange, bevor diese zum Tisch eilte und ihre Arme um Heaths Taille schlang. Er drückte sie an seine Seite.

Julianna neigte ihr Gesicht zu ihm hinauf. „Kommst du bald wieder zum Essen?"

„Du brauchst deiner Mom bloß zu sagen, dass sie mich einladen soll, und ich bin hier. Und jetzt ab ins Bett. Schlaf gut."

Julianna kicherte und huschte davon. Sobald ihre Zimmertür geschlossen war, stand Heath vom Tisch auf.

„Was ist denn passiert?", fragte er.

„Was meinst du?" Vivi wich ihm aus. Sie ahnte, dass er bemerkt hatte, dass sie ihre Schulter schonte, aber sie wollte ihm das lieber nicht erklären.

„Du bewegst dich, als ob du verletzt wärst. Hast du

es bei der Arbeit übertrieben oder so?" Er hob eine Hand, um über ihre Schulter zu streichen. Sie schaffte es, nicht zusammenzuzucken, aber sie spannte sich an.

Seine Augen neigten sich nach unten, und er fuhr mit dem Daumen über den Saum ihres Shirts und schob es zurück, sodass ihre Schulter langsam zum Vorschein kam. Er hielt inne, als der gezackte Rand des tiefen Kratzers zum Vorschein kam. Sein Blick wanderte wieder zu ihr hinauf. Dann wiederholte er seine Frage. „Vivi, was ist passiert?"

Sie zuckte mit den Schultern und fühlte sich verärgert und in die Enge getrieben. „Ich bin losgezogen, um Chris zu suchen." Ihr Herz hämmerte wie wild gegen ihre Rippen. Heath so nah zu sein, brachte ihren Körper völlig durcheinander. Die Luft fühlte sich aufgeladen an − voller Verlangen, voller Sehnsucht, sich an ihn zu schmiegen und sich von ihm verwöhnen zu lassen.

„Ich nehme an, du hast ihn gefunden", stellte Heath leise fest, seine Stimme war tief und belegt.

Sie nickte und schluckte. „Allerdings. Ich habe einfach wissen müssen, ob er es war."

„Wie zum Teufel hast du das geschafft? Und bitte sag mir jetzt nicht, dass er hinter dir her war. Denn wenn er das getan hat, bringe ich ihn verdammt noch mal um."

„Ich habe ihn verfolgt. Ich war so sauer. Ich ... Keine Ahnung. Sobald ich herausgefunden habe, dass Chris etwas damit zu tun haben könnte, ist mir ganz schlecht geworden. Ich musste es genau wissen, also bin ich losgezogen. Ich habe ihn verfolgt und bin ihm hinterher. Er hat sich zwar heftig dagegen gesträubt, aber sobald er mich überwältigt hatte, ist er abgehauen. Ich weiß, dass er ein totaler Arsch ist, aber wenn er mich wirklich verletzen hätte wollen, wäre er dazu in der Lage gewesen. Er hat mich aber bloß in die Enge getrieben."

Sie konnte ja selbst nicht so recht glauben, dass sie Chris verteidigte, aber sie war überzeugt von dem, was sie da vorgebracht hatte. Chris hatte nicht vorgehabt, ihr wehzutun. Er hatte sich lediglich zur Wehr gesetzt. In dem Augenblick, in dem er ihr tatsächlich Schaden hatte zufügen können, war er abgehauen. Sie wusste zwar nicht, was aus der ganzen Sache werden würde, aber wenn Heath auf Chris losginge, um sich für eine Verletzung zu rächen, die sie bei einer Auseinandersetzung erlitten hatte, die sie selbst vom Zaun gebrochen hatte, schien das nichts anderes zu bewirken, als alles noch schlimmer zu machen. Im Nachhinein wünschte sie sich, sie hätte der Polizei darüber Bescheid gegeben, was sie vorhatte, sodass diese ihr folgen und Chris festnehmen konnte.

Heath zeichnete mit dem Zeigefinger den Rand des Kratzers nach. Er hielt inne, bevor der Stoff ihres Shirts zu sehr zog. Dabei atmete er scharf ein. Sie hob ihren Blick wieder und begegnete ihm. „Warum hast du mir nicht gesagt, dass du ihn suchen wolltest?"

„Weil ich genau gewusst habe, dass du mir davon abraten würdest." Ein Hauch von Eigensinn stieg in ihr auf. Während ein Teil von ihr sich an den Schutz und die Geborgenheit, die Heath ihr bot, anschmiegen wollte, wollte ein anderer Teil dagegen ankämpfen. Sie war so lange auf sich allein gestellt gewesen, dass es ihr schwerfiel, sich jetzt von jemandem abhängig zu machen. Außerdem musste sie Chris zur Rede stellen, um ihre aufgestaute Wut zu besänftigen.

Er hielt ihren Blick fest, dabei sah er sie nachdenklich an. „Ich hätte dir vielleicht gerne geraten, nicht zu gehen, aber ich hätte auch gut nachvollziehen können, warum du das wolltest. Ich wünschte nur, du hättest mir Bescheid gegeben, dann hätte ich dich begleiten können. Das ist alles." Er hielt inne und holte tief Luft. „Und ich bin verdammt sauer, dass er dir wehgetan hat."

Wärme legte sich um ihr Herz. Auch wenn ihr das total fremd war und sie nicht genau wusste, wie sie damit umgehen sollte, genoss ein Teil von ihr seinen Schutz und seine Bereitschaft, für sie zu kämpfen. Er löste seine Hand von ihrer Schulter und rückte vorsichtig ihr T-Shirt zurecht. Im Zimmer war es ganz leise. Der Herbstwind draußen schlug gegen die Fenster. Die Luft um sie herum erwachte zum Leben. Vivis Atem wurde flach und heißes Verlangen durchströmte sie. Sie bemühte sich, es zu unterdrücken. Jetzt war nicht der richtige Zeitpunkt, um sich an Heath ranzumachen. Julianna war wahrscheinlich noch wach und las in ihrem Zimmer, und Vivi hatte sich geschworen, egal was mit Heath passierte, sie würde es vor Julianna geheim halten.

Da strich Heaths Hand über ihren Rücken und jagte ihr ein Kribbeln über den Rücken und ihre Haut. Er neigte seinen Kopf und legte ihn an ihre Schulter. Sie konnte nicht widerstehen, eine Hand über seinen muskulösen Rücken und durch seine Locken gleiten zu lassen. Dann hob er den Kopf und sein Blick traf den ihren. „Lass mich ...", stieß er heiser hervor, bevor seine Lippen die ihren trafen.

Was als sanfter Kuss begann, explodierte innerhalb von Sekunden. Seine Zunge drang in sie ein und strich über ihre, bevor er sich zurückzog und ihre Lippen umspielte. Anschließend stürzte er sich in einen weiteren heftigen Kuss, der sie nach Luft schnappen ließ, als er seine Lippen von den ihren löste und feuchte Küsse auf ihren Hals verteilte. Heiße Schauer überkamen sie im Windschatten seiner Berührungen.

Sie spürte die Hitze seiner Handfläche wie ein Brandzeichen, als sie in der Vertiefung ihrer Taille ruhte. Seine Lippen erreichten den Punkt ihrer Schulter, als er plötzlich innehielt und langsam seinen Kopf anhob. Sie konnte seinen harten Schaft in der Wiege ihrer Hüften spüren, die sich ihm wie von selbst entgegenwölbten. Eine heiße Röte stieg ihr in die Wangen, als seine Hand hinunterglitt, um ihren Po zu umfassen und sie fest an sich zu ziehen. Ein lustvoller Schauer durchzuckte sie, während sein Knie zwischen ihre Schenkel glitt und einen sanften Druck auf die Stelle ausübte, an der sie ihn am meisten wollte. Mit nicht viel mehr als einem Kuss hatte er das Bedürfnis in ihr geweckt und sie vor Verlangen klatschnass werden lassen.

Sie holte zitternd Luft und hob den Blick. „Ähm ... vielleicht ...“

„Ich sollte gehen“, sagte er leise und beendete damit, was sie gerade noch sagen wollte.

Sie biss sich auf die Lippe. „Ich möchte aber nicht, dass du gehst“, flüsterte sie. Sobald ihr die Worte über die Lippen gekommen waren, konnte sie nicht glauben, dass sie sie tatsächlich ausgesprochen hatte. So schlimm war es. Heath war, nun ja, er war Heath. So wie sich die Lage mit ihm entwickelte, war es fast unmöglich, sich vor dem zurückzuhalten, was sie wollte.

„Das möchte ich ja auch nicht, aber ich halte es nicht gerade für das Beste, wenn ich das tue, was ich so gerne tun würde, während Juliannas Schlafzimmerlicht noch an ist.“ Er neigte seinen Kopf in Richtung ihres Schlafzimmers. Ein dünner Lichtstreifen leuchtete unter der Tür hervor.

Vivi grinste. „Sie liest gerne noch ein bisschen, bevor sie einschläft. Das erlaube ich ihr.“

Heath trat einen Schritt zurück. Ihr ganzer Körper zog sie zu ihm hin. Sie musste mit sich selbst kämpfen, um ihn nicht gleich wieder an sich zu ziehen. Er musterte sie einen Augenblick lang, bevor er sich umdrehte und ein paar Schritte zur Garderobe machte. Dort schnappte er sich seinen Mantel und streifte ihn achselzuckend über. Anschließend kehrte er zu ihr zurück und neigte seinen Kopf für einen kurzen Kuss. „Ich gehe dann mal besser, denn wenn ich noch länger bleibe, würde ich mich nicht mehr zurückhalten können. Du verrätst mir doch sicher, wann du das nächste Mal eine Schicht im Quinn's hast?"

„Morgen Abend", antwortete sie schnell, weil sie ihn so schnell wie möglich wiedersehen wollte.

Seine Mundwinkel verzogen sich zu einem Lächeln. „Dann bringe ich dich anschließend wieder nach Hause." Seine rauen Worte jagten ihr einen Schauer über den Rücken.

Julianna würde morgen Abend bei ihrer Mutter sein, sodass Vivi das Verlangen, das sie durchströmte, nicht unterdrücken musste. Sie nickte. „Einverstanden. Wir sehen uns dann."

Damit wandte er sich ab und öffnete leise die Tür. Als diese hinter ihm zuschnappte, wartete Vivi, während sie ihn die Verandatreppe hinuntergehen hörte. Beim Geräusch seines anspringenden Trucks schloss sie die Tür, schlang die Arme um ihre Taille und schlich durch das Wohnzimmer in Richtung ihres Schlafzimmers. An Juliannas Tür hielt sie kurz inne. „Mach bald das Licht aus", rief sie leise.

Als sie keine Antwort hörte, drehte sie vorsichtig den Türknauf und spähte durch die Tür. Julianna schlief tief und fest mit ihrem Buch auf der Brust. Vivi trat leise in ihr Zimmer und legte das Buch auf ihren

Nachttisch, bevor sie die Lampe ausschaltete und auf Zehenspitzen aus dem Zimmer schlich. Anschließend kroch Vivi in ihr eigenes Bett, dessen Laken sich kühl an ihre Haut schmiegten. Es fiel ihr schwer, einzuschlafen, da ihr immer noch die Gedanken an Heath durch den Kopf gingen und ihr Körper noch immer von seinem Kuss summte.

KAPITEL ELF

Heath lehnte sich an das Geländer der Veranda von Daniels Farmhaus und blickte sich um, während er auf Daniel wartete. Sie trafen sich, um sich auf die Suche nach Chris zu machen. Jedes Mal, wenn er daran dachte, dass Vivi allein losgezogen war, um ihn zu finden, war er hin- und hergerissen zwischen Sorge und Verärgerung. Es ging ihr gut, aber es kotzte ihn an, dass Chris sie verletzt hatte. An diesem Morgen war der Himmel bedeckt, und die Luft hatte einen gewissen Biss. Der Herbst war schon weit fortgeschritten, und der Winter kündigte sich an. Daniel trat aus der Haustür und machte ein paar Schritte, bevor er sich auf die Treppe setzte, neben der Heath wartete.

Daniel blickte hinaus in die Bäume, bevor er sich Heath zuwandte. „Und, hast du von Vivi Genaueres darüber erfahren, wo sie Chris gesehen hat?"

Heath nickte. „Ja. Ich habe sie heute Morgen angerufen. Sie hat mir erzählt, dass sie sich zu den Höhlen entlang des Bergrückens in dieser Richtung begeben hat. Die sind nur ein paar Kilometer von der alten Holzfällerstraße entfernt. Wir sollten nicht lange brauchen. Er könnte schon abgehauen sein, aber wenn wir dort anfangen, sollten wir seine Fährte aufnehmen können." Dann hielt er inne und schüttelte den Kopf. „Ich bin immer noch stinksauer, dass sie allein losgezogen ist."

„Kann ich dir nicht verdenken, aber ich kann auch gut verstehen, warum sie das so wollte. Wie schlimm hat er sie erwischt?"

„Im Großen und Ganzen, nicht schlimm. Ich habe zwar nur einen Teil des Kratzers gesehen, aber es ist eine heftige Schramme auf ihrer Schulter. Sie glaubt, er hat sich bloß gegen sie zur Wehr gesetzt. Nach ihrer Beschreibung hätte es viel schlimmer kommen können, aber er ist abgehauen. Für mich spielt das keine Rolle, ob sie angefangen hat oder nicht, sobald wir ihn finden, wird er sich wünschen, er hätte sie nie angefasst." Heaths Löwe lief unter seiner Haut unruhig im Kreis herum. Er hoffte, dass er sich ausreichend unter Kontrolle hatte, um Chris nicht umzubringen. Schließlich stieß er sich vom Geländer ab. „Lass uns gehen."

Kurze Zeit später bahnten er und Daniel sich einen Weg durch die Bäume. Energie durchflutete Heath in Schüben. Sein Ärger auf Chris wurde noch stärker, sobald er sich wandelte und seine Urinstinkte und Triebe die Oberhand gewannen. Stetig stiegen sie in die Berge hinauf, der Boden wurde felsiger, je weiter sie nach oben kamen. Schließlich erreichten sie das Gebiet, von dem Vivi ihm erzählt hatte, dass sie Chris begegnet war. Dort gab es Spuren von kürzlichen Aktivitäten und auch Chris' Geruch. Heath war etwas überrascht, wie intensiv dieser Geruch war. Das deutete darauf hin, dass Chris innerhalb der letzten Stunden in diesem Gebiet gewesen sein musste. Er und Daniel waren übereingekommen, dass sie sich eng aneinander halten und immer in Sicht- und Hörweite bleiben würden. Heute ging es darum, Chris zu fassen, also mussten sie in der Lage sein, ihn leicht zu überwältigen, sobald sie ihn fanden.

Sie suchten die Gegend um die Felsbrocken und Höhlen in der Felswand ab, bevor sie Chris' Fährte folgten. Zunächst stiegen sie höher in die Berge hinauf, wo die Bäume lichter wurden, doch die Spur seines Geruchs schlängelte sich nach unten und führte zurück zur alten Holzfällerstraße. Da setzte ein leichter Regen ein. Kurze Zeit später fiel Heath eine Bewegung in der Ferne auf. Er erstarrte, und Daniel hielt abrupt an seiner Seite inne. Durch die Bäume hindurch konnten sie einen alten Schuppen sehen, der wahrscheinlich vor Jahren errichtet worden war, um Werkzeuge für die Holzfäller zu lagern, die in dieser Gegend arbeiteten. Ein Mann stand daneben und rauchte eine Zigarette. Heath konnte nicht erkennen, ob es Chris war, aber er erkannte seinen Geruch von neulich. Er wandte den Kopf zur Seite und deutete damit an, dass er eine Schleife ziehen und sich dem Schuppen von der anderen Seite nähern würde. Daniel würde hier warten und sich von dieser Seite aus annähern.

Heaths Löwe wollte sich unbedingt losreißen, aber er zwang sich, die Kontrolle zu behalten. Er wollte nicht, dass Chris heute entkam, also musste er seine Wut im Zaum halten. Am liebsten wäre er direkt auf ihn zugestürmt und hätte ihn zur Strecke gebracht. Stattdessen schlich er sich heimlich zwischen den Bäumen hindurch, wobei sein Fell durch den Regen, der jetzt unaufhörlich fiel, klatschnass wurde. Als er auf der anderen Seite des Schuppens angekommen war, schlängelte er sich im Zickzack durch die Bäume. Er konnte sehen, wie sich Daniel langsam von der anderen Seite näherte. Er war überrascht, dass Chris ihre Anwesenheit noch nicht bemerkt hatte, obwohl der Zigarettenrauch wahrscheinlich ihre Fährte überdeckte. Noch ein paar Sekunden und er wäre nahe genug gewesen. Da drehte Chris seinen Kopf.

Heath sprang mit einem leisen Knurren durch die Bäume. Chris wandelte sich augenblicklich, seine Zigarette fiel zu Boden und verglühte im Regen. Die nächsten Augenblicke waren ein Wirrwarr aus Krallen und Geknurre. Daniel kam näher, aber er hielt sich zurück. Heath wusste, dass Daniel ihm die Gelegenheit gab, Chris allein zur Strecke zu bringen, denn das brauchte sein Löwe. Chris war zwar ein kräftiges Tier, aber ein untrainierter Kämpfer. Heath hatte jahrelang in Löwengestalt gekämpft und zudem jahrelang militärisches Training absolviert, das ihn in Topform gebracht hatte. Erst vor kurzem hatte er nach dem Unfall seine volle Stärke wiedererlangt, aber jetzt schossen Energie und Adrenalin in Wellen von purer Kraft durch ihn hindurch.

Chris kämpfte abwehrend, zog sich in die Bäume zurück und sprang in die Äste, um auszuweichen. Heath folgte ihm auf einen kräftigen Kiefernzweig und drängte Chris mit dem Rücken gegen den Baum, knurrte und fletschte die Zähne. Als Chris vom Ast stürzte, folgte ihm Heath. Er nutzte Chris' unsicheres Gleichgewicht aus, schleuderte ihn von den Füßen und hielt ihn fest. Während Chris unter ihm heftig zappelte, biss Heath ihm in den Hals, und der Geschmack von Eisen drang in seinen Mund. Er hielt ihn fest und schüttelte leicht den Kopf, als Chris versuchte, sich zu wehren, bis Chris' Körper sich unter ihm entspannte. Heath sah in seinen Gedanken immer wieder Vivi zusammenzucken, diese leise Erinnerung an die leichte Verletzung, die Chris ihr zugefügt hatte.

Der Zorn pochte in ihm und er hielt seinen menschlichen Verstand fest im Griff, um Chris nicht die Kehle herauszureißen.

Auch Daniel näherte sich nun und wartete an Heaths Seite, während dieser langsam seinen Griff um Chris' Kehle lockerte. Heaths Atem dampfte in der kühlen, regnerischen Luft des Waldes.

———

Vivi lehnte sich an den Tresen des Mile High Grounds und streckte ihre Hand aus, um die Tasse Kaffee zu umschließen, die Sophia ihr hinübergeschoben hatte.

„Hier, bitte. Hauskaffee mit einem Schuss Espresso", grinste Sophia.

Vivi nahm einen kräftigen Schluck und seufzte. „Oh Gott, der ist so gut. Mir will heute einfach nicht warm werden. So geht es mir immer, wenn es im Herbst regnet."

„Mir auch", antwortete Sophia, während sie ihr Haar zu einem Knoten drehte und einen Stift hindurchsteckte. Dann ließ sie ihre Hände auf den Tresen sinken und neigte den Kopf zur Seite. „Und warum hast du niemandem Bescheid gesagt, dass du dich auf die Suche nach Chris machen würdest?"

Vivi seufzte, fühlte sich in die Enge getrieben und war genervt. „Ich habe nur wissen müssen, dass er es ist. Ich war doch nicht unterwegs, um ihn auszuschalten oder zu verhaften. Ich weiß, ich hätte etwas sagen sollen ..."

Sophia unterbrach sie. „Ja! Das hättest du." Dazu nickte sie energisch. „Wir haben doch letztes Jahr vereinbart, dass wir nicht alleine losziehen würden. Vielleicht wolltest du ja Heath nicht da mit reinziehen, aber mir hättest du es wenigstens sagen können.

Du weißt, dass ich dich begleitet hätte. Du hast verdammtes Glück, dass du nicht schlimmer verletzt worden bist."

Vivi nahm einen weiteren Schluck Kaffee, genoss die Wärme und den Geschmack. Schuldgefühle durchströmten sie. Sie wusste, dass sie stinksauer wäre, wenn die Situation andersherum wäre. Sie hatte nicht gründlich genug nachgedacht, als sie losgezogen war, um Chris zu suchen. Sie hatte Angst davor gehabt, dass jeder, dem sie davon erzählte, ihr davon abraten würde, also hatte sie es für sich behalten. Sie begegnete Sophias besorgtem Blick und zuckte mit den Schultern. „Tut mir leid. Ich hätte es dir sagen sollen. Aber ich habe mir in den Kopf gesetzt, dass ich einfach herausfinden musste, ob er es wirklich war. Ich hätte nicht damit gerechnet, dass er mir etwas antun würde. Ich weiß, dass Heath deswegen sauer ist, aber offen gestanden hat Chris nicht angefangen. Das war schon ich. Klar, er hat sich gewehrt und mich in die Ecke gedrängt, aber obwohl er die Möglichkeit gehabt hätte, mir Schlimmeres anzutun, ist er abgehauen."

„Oh, jetzt ist er also der Gute hier?", fragte Sophia und verdrehte die Augen.

Vivi tat es ihr gleich und schüttelte den Kopf. „Nein. Er ist ganz bestimmt nicht der Gute. Er ist Juliannas Arschlochvater, der zu nichts zu gebrauchen und so bescheuert ist, sich auf das Schmugglernetzwerk einzulassen. Er ist all das und noch mehr, aber ich möchte die Sache nicht noch schlimmer machen, indem ich so tue, als ob er mir etwas antun wollte. Das glaube ich einfach nicht. Wenn er das gewollt hätte, wäre er dazu in der Lage gewesen. Stattdessen ist er abgehauen."

Sophias Blick wurde sanfter. „Das verstehe ich

schon. Ich hasse es nur, dass du dich in diese Lage gebracht hast."

„Vielleicht war das ja nicht unbedingt meine klügste Entscheidung, aber es geht mir ja gut. Hoffen wir, dass Daniel und Heath ihn finden und ihn herbringen. Vielleicht erfahren wir dann ja mehr darüber, wo Nelson im Moment steckt."

„Das wollen wir hoffen." Sophia wandte sich kurz ab, um die Bestellung eines anderen Kunden aufzunehmen.

Nachdem der Kunde gegangen war, sah Sophia wieder zu Vivi. „Heath war ziemlich mitgenommen von dem, was passiert ist."

Da zog sich Vivis Brust zusammen, und ihr Herz setzte einen Schlag aus. Es fiel ihr schwer, daran zu denken, wie viel Heath ihr inzwischen bedeutete. Sie nickte schnell. „Ich weiß." Vivi spürte Sophias prüfenden Blick auf sich.

„Weißt du denn, was er für dich empfindet?"

Vivi zuckte mit den Schultern, unsicher, wie sie antworten sollte.

Sophia hielt erneut inne und schob den Kaffee, den Tommy ihr reichte, über den Tresen zu einer Kundin. Nachdem die Frau ihn entgegengenommen hatte und weggegangen war, richtete Sophia ihren viel zu aufmerksamen Blick wieder auf Vivi. „Du bist die Einzige für ihn", stellte sie unumwunden fest.

Vivis Herz versetzte ihr einen heftigen Tritt. Sophias direkte Worte hätten sie dazu bringen sollen, vor Freude zu tanzen. Das tat ein Teil von ihr auch, doch ein anderer Teil konnte das nicht so recht glauben und hatte keine Ahnung, wie sie mit der Vorstellung umgehen sollte, dass Heath tatsächlich in ihr Leben trat. Sie spürte Sophias wachsamen Blick auf sich und sah auf. Sie bemerkte nicht einmal, dass sie auf der Innenseite ihres Mundes kaute, bis Sophia langsam zu lächeln begann.

Vivi seufzte. „Ich habe keine Ahnung, was ich tun soll.“

Daraufhin rief Sophia Tommy über ihre Schulter zu: „Kaffeepause für mich!“ Dann schnappte sie sich eine Tasse Kaffee, schlüpfte hinter dem Tresen hervor, hakte sich bei Vivi unter und zog sie zu einem nahe gelegenen Tisch in der Ecke. Vivi ließ sich auf den Stuhl gegenüber von Sophia an dem kleinen runden Tisch plumpsen. Sophia lehnte ihre Ellbogen auf den Tisch. „Du scheinst wirklich ziemlich angespannt.“

Vivi nahm einen Schluck Kaffee und lehnte sich in ihrem Stuhl zurück. „So ziemlich. Ich bin einfach … uff.“ Sie fuchtelte mit einer Hand in der Luft herum. „Ich weiß einfach nicht, wie ich mit dieser ganzen Sache mit Heath umgehen soll. Es ist ja nicht so, dass ich ihn nicht möchte. Das tue ich, sehr sogar. Aber ich drehe mich in meinen Gedanken ständig im Kreis. Ich mache mir ständig Sorgen, wie ich das Ganze mit Julianna anstellen soll. Ich meine, ich war seit Chris mit niemandem mehr zusammen. Und jetzt, wo er wieder auftaucht, ist die Sache noch viel verworrener.“

„Nur wenn du das so möchtest“, entgegnete Sophia.

Vivi nahm ein Päckchen Zucker aus dem Ständer auf dem Tisch und drehte es zwischen ihren Fingern hin und her. „Bei dir klingt alles so einfach, als müsste ich einfach nur entscheiden, dass es nicht kompliziert ist, und schon ist es das auch nicht.“

Sophia seufzte ziemlich dramatisch und verdrehte sicherheitshalber die Augen. „Ich tue doch nicht so, als ob das ein Kinderspiel wäre. Aber einen Mann in dein Leben mit Julianna zu bringen, ist mit Heath viel einfacher. Julianna betet ihn an und du weißt, dass er sie immer an erste Stelle setzen wird. Da musst du dir keine Sorgen machen, dass er dich im Stich lässt. Heath macht keine halben Sachen. Ich bin mir nicht sicher, warum ihr zwei das nicht schon früher erkannt habt, aber ihr seid wie füreinander geschaffen." Sophia hielt inne und neigte ihren Kopf zur Seite. „Du hast viele Gründe, dich und Julianna zu beschützen, aber um Heath brauchst du dir keine Sorgen zu machen. Und wenn Chris auftaucht, ist es vielleicht besser, endlich reinen Tisch zu machen."

Vivi nahm auf, was Sophia sagte, und die Rädchen in ihrem Kopf begannen, sich in Bewegung zu setzen. Es fiel ihr schwer, zu akzeptieren, wie einfach das aus Sophias Mund klang. Dennoch wusste sie, dass Sophia in einem Punkt recht hatte – Heath war ungemein loyal. Anders als Chris würde er nicht einfach aufgeben und verschwinden. Sie nahm einen kurzen Schluck Kaffee und spürte, wie sich die Anspannung von ihren Schultern löste. „Ich habe ja vernommen, was du gesagt hast. Es ist nur ... Ich weiß auch nicht. Vielleicht würdest du mich besser verstehen, wenn du wüsstest, dass ich schon in der Schulzeit auf Heath gestanden habe."

„Meinst du, das habe ich nie bemerkt?", konterte Sophia grinsend.

„Hast du nicht!"

„Vielleicht war ich mir nicht sicher, wie sehr du auf ihn abgefahren bist, aber es ist mir aufgefallen. Genauso wie mir aufgefallen ist, dass er auch etwas für dich übrig gehabt hat. Aber ich bin ja nicht bescheuert, also habe ich beschlossen, mich am besten aus der Sache herauszuhalten. Ich habe angenommen, dass es vorübergehen würde, und das ist es ja dann auch. Bis er letztes Jahr zurückgekommen ist. Und da stehen wir nun."

Vivis Wangen wurden glühend heiß. Sie grinste reumütig. „Also gut. Ich hatte was für ihn übrig. Aber das macht es nur noch schwerer, denn falls die Sache schiefgeht ...“

Sophia warf die Hände in die Höhe. „Ist dir jemals in den Sinn gekommen, dass es nicht wirklich hilfreich ist, immer gleich vom Schlimmsten auszugehen? Du hast dich von einem Kerl wie Scheiße behandeln lassen, aber es ist doch nicht jeder Kerl da draußen wie Chris. Wenn es nicht um Julianna ginge, würdest du dir wohl kaum Gedanken darüber machen. Ganz zu schweigen davon, dass du weißt, dass Heath dich für seine Gefährtin hält. Und halt mir jetzt keinen Vortrag darüber, dass das alles Quatsch ist, weil du das bei mir und Daniel auch so gemacht hast.“

Vivi trank ihren Kaffee aus, seufzte und erinnerte sich daran, wie sie Sophia ermutigt hatte, an ihre Gefühle für Daniel zu glauben. Es schien alles so viel einfacher zu sein, solange nicht ihr eigenes Glück auf dem Spiel stand. Sie biss sich auf die Lippe und rümpfte die Nase. „Na schön. Ich werde versuchen, optimistischer an die Sache ranzugehen. Vielleicht fällt mir das ja leichter, sobald Chris da ist und ich endlich mit ihm abschließen kann.“

KAPITEL ZWÖLF

Heath lehnte an der Wand in Rogers Büro und drehte den Kopf zur Seite, als Daniel sprach.

„Du hast also genug gegen ihn in der Hand?", fragte Daniel Roger.

Roger nickte. „Oh ja. Mit dem Drogenvorrat, der in dem alten Schuppen verstaut ist, können wir ihn wegen Drogenbesitzes mit der Absicht der Weitergabe in Gewahrsam nehmen. Ich denke, wir lassen ihn die Nacht über schmoren und versuchen, ihn morgen früh erneut zu befragen." Er blickte von Daniel zu Heath. „Ich muss sagen, ich hatte ja gehofft, dass ihr zwei ein bisschen mehr Glück haben würdet als wir, aber ihr habt ihn schneller geschnappt, als ich erwartet hatte. Ich vermute, der kleine Streit mit Vivi hat ihn ganz schön aus der Bahn geworfen."

Ein Anflug von Verärgerung stieg in Heath auf. Er hatte bei dem Kampf vorhin schon viel davon abgelassen, aber der Zorn loderte immer noch in ihm. Er schob ihn beiseite und nickte heftig. „Ich bin nur erleichtert, dass er jetzt endlich hier ist. Ich hoffe, er kann uns ein paar Hinweise geben, wo sich Nelson versteckt halten könnte."

„Davon bin ich überzeugt. Nelson hat nicht mehr allzu viele Shifter, die bereit sind, ihn zu unterstützen. Außerdem kümmert sich Chris vor allem um sich selbst. Wenn wir ihm ein paar Zugeständnisse anbieten, damit er auspackt, wird er das wahrscheinlich auch machen. Es wird nur etwas dauern, bis er begreift, dass Nelson ihm nicht mehr viel nützen kann."

Heath stieß sich von der Wand ab. „Gut. Lass uns bitte wissen, sobald es etwas Neues gibt." Er warf einen Blick zu Daniel. „Wollen wir? Ich könnte wirklich eine Dusche gebrauchen."

Daniel grinste und richtete sich auf. „Na dann, mal los."

Kurze Zeit später fuhr Heath zurück in die Innenstadt von Painter, nachdem er Daniel am Farmhaus abgesetzt hatte. Während er die Main Street entlangfuhr, erinnerte er sich daran, dass er Vivi nach dem Ende ihrer Schicht bei Quinn's abholen sollte. Er raste nach Hause, duschte in Rekordzeit und stürmte zur Tür hinaus. Dabei vergaß er seine Schlüssel und wandte sich nochmals um, um sie sich von der Küchentheke zu schnappen. Dabei hielt er kurz inne und sah sich in seiner kleinen Wohnung um. Nach seinem Unfall hatte er eine Weile bei seinen Eltern gewohnt, da er keine eigene Wohnung hatte. Aber als er sein Leben nach dem Unfall endlich wieder in den Griff bekommen hatte, hatte er seine eigenen vier Wände gebraucht.

Doch die Wohnung, in der er „wohnte", war kaum bewohnt. Das Wohnzimmer und die Küche waren mit den notwendigen grundlegenden Einrichtungsgegenständen ausgestattet, aber er war nie dazu gekommen, sich so richtig einzurichten und verbrachte nur selten Zeit hier. Der Raum fühlte sich nackt und kahl an. Er musste daran denken, wie sich Vivis Zuhause anfühlte – warm und einladend, so gemütlich, als würde er in sein Lieblingspaar Pantoffeln schlüpfen. Bei dem Gedanken an Vivi geriet sein Körper in Wallung, und er machte sich auf den Weg, seine Schlüssel in der Hand.

———

Vivi flitzte hinter der Bar umher, nahm Bestellungen auf, bereitete Drinks zu und kassierte ab. Das Quinn's war heute Abend wie üblich rappelvoll. Obwohl sie kaum Zeit hatte, innezuhalten und nachzudenken, wanderte ihr Blick immer wieder zur Tür und sie fragte sich, wann Heath wohl kommen würde. Er hatte sie vorhin angerufen, um ihr Bescheid zu geben, dass sie Chris geschnappt hatten. Sie hatte zwar jede Menge Fragen zu Chris, aber sie konnte nur an Heath denken. Zwischen ihrem Gespräch mit Sophia heute und ihrem unbefriedigten Verlangen letzte Nacht schwirrte Heath wie ein Fieber in ihrem Kopf herum. Sie schwankte zwischen ihren Hoffnungen und ihren Gefühlen hin und her. Manchmal konnte sie sich fast selbst davon überzeugen, dass es mit ihm klappen könnte, und ein anderes Mal verwarfen ihre Zweifel diese Vorstellung.

„Viv, gibst du mir noch einen Schluck vom Hausbier?", fragte Dan vom anderen Ende der Bar.

Sie wandte sich schnell um, schnappte sich ein Glas und füllte es zügig. Dann warf sie Dan einen Blick zu, und er deutete mit einem Nicken in die

Richtung des fraglichen Kunden. Sie ließ das Bier über den Tresen gleiten. „Hier, bitte sehr!" Der Mann schnappte es sich mit einem Grinsen und nahm sofort einen Schluck.

Dan bedankte sich schnell, während er zwei Drinks auf einmal mixte. Da rief ein anderer Kunde ihren Namen, und sie wirbelte herum, um einen weiteren Drink zuzubereiten. Nachdem eine weitere halbe Stunde vergangen war, wandte sie sich gerade um, um ein Küchentuch zu holen und einen verschütteten Drink aufzuwischen.

„Hey Vivi."

Ihr Blick schoss von der Theke hoch und traf auf den von Heath. Er hatte sich wieder mal den Barhocker an der Wand geschnappt. Seine grünen Augen fingen ihren Blick ein, und ihr Unterleib krampfte sich zusammen. Dabei wirbelte es in ihrem Inneren wie verrückt. Hitze durchfuhr sie, und ihr Atem stockte, als sich sein Mund zu einem langsamen Lächeln verzog.

„Hey", brachte sie hervor. „Ich habe mich gefragt, ob du es heute Abend noch schaffen würdest."

„Das hat nie in Frage gestanden", antwortete er, seine Augen dunkel und aufmerksam.

„Ich habe mich nur gefragt, ob du nach all dem, was heute passiert ist, vielleicht müde sein würdest."

Er hob eine Schulter zu einem halben Schulterzucken an. „Es war ein anstrengender Tag, aber ich wollte dich einfach nur sehen", antwortete er geradeheraus.

Da durchfuhr sie ein weiterer Hitzeschwall. Sie war so abgelenkt von ihm, dass sie zusammenzuckte, als Dan ihr von hinten auf die Schulter tippte. Sie wandte sich um, und Dan gluckste. „Ich wollte dir bloß Bescheid geben, dass du jederzeit Feierabend machen kannst, wenn du möchtest.“

Vivi warf einen Blick auf die Uhr über der Tür zum Hinterzimmer. „Aber ich habe noch eine Stunde, und hier ist doch grade die Hölle los.“

Dan zuckte mit den Schultern. „Danny ist gerade aufgetaucht. Er hilft uns beim Abschließen.“ Danny war Dans Sohn, der vor kurzem wieder nach Painter gezogen war und nun hier und da in der Bar aushalf.

Normalerweise hätte Vivi nicht auf das Trinkgeld einer Stunde verzichten wollen. An einem Abend wie heute wäre das gutes Geld. Doch sie konnte nur daran denken, dass sie bald mit Heath allein sein könnte. „Wenn du meinst.“

Dans Blick wanderte von ihr zu Heath. „Ich bin mir sicher. Und jetzt raus hier. Wir sehen uns bei deiner nächsten Schicht.“

Vivi nahm ihre Schürze ab und schob sich durch die Schwingtüre nach hinten. Wenige Minuten später traf sie Heath an der Vordertür. Die Straßenlaternen glitzerten in der kalten Luft, als sie nach draußen traten. Manche Herbstabende deuteten auf den kommenden Winter hin, und dieser Abend war einer von ihnen. Heaths Hand strich über ihren Rücken. Sie spürte seine Wärme durch ihre Jacke hindurch, und ein elektrisches Kribbeln durchfuhr ihre Wirbelsäule.

Während Heath seinen Wagen auf der kurzen Fahrt von der Main Street zu ihrem Haus steuerte, hielt er eine Hand am Lenkrad und hatte die andere auf ihrem Oberschenkel liegen. Sein Daumen fuhr in langsamen Kreisen über die Innenseite ihres Schenkels. Als er vor ihrem Haus anhielt, hatte das Verlangen sie fest im Griff. Jetzt wollte sie ihn nur noch mehr.

Als sie sich durch den Hintereingang in die Küche begaben, atmete sie zittrig ein, streifte ihre Jacke ab und zog ihre Schuhe aus. Unruhig lief sie durch die Küche ins Wohnzimmer. Heath folgte ihr, nachdem er seine eigene Jacke aufgehängt und seine Stiefel an der Tür abgestellt hatte. Sie blieb an der Couch stehen und hatte Mühe, das unbändige Gefühl in ihr im Zaum zu halten. Als sie ihren Blick hob und sah, wie er ihr Verlangen erwiderte, flammte eine elektrische Spannung zwischen ihnen auf. Der Raum um sie herum verdichtete sich – aufgeladen mit Verlangen. Schnell hatte er zu ihr aufgeschlossen. Ohne zu zögern, zog er sie heftig an sich und küsste sie leidenschaftlich auf die Lippen. Das Feuer der Begierde in ihr entflammte, als ihr Kuss immer wilder wurde – ein Durcheinander von Lippen, Zunge und Zähnen.

Sie konnte ihm gar nicht schnell genug auf die Pelle rücken und riss an seiner Kleidung. Sie wollte nur noch Haut an Haut mit ihm sein, so nah wie nur irgend möglich. Da löste er seine Lippen von ihr und griff hinter sich, um sich das Hemd auszuziehen, während ihre Hände über seine Brust wanderten. Er trat noch einen Schritt zurück, um ihre Bluse aufzuknöpfen, während sie schon seine Jeans aufzog. Ihm stockte der Atem, als sie ihre Hand in seine Unterhose schob und seinen Schwanz streichelte. Als Nächstes riss er an den letzten Knöpfen und löste ihre Bluse, gefolgt von ihrem BH. Seine Lippen schlossen sich um eine Brustwarze, straff und fest. Während er an ihren Brüsten leckte, saugte und kniff, waren seine Hände mit ihrer Jeans beschäftigt. In Sekundenschnelle hatte er sie um ihre Hüften heruntergeschoben und strich mit einem Finger über ihr feuchtes Baumwollhöschen. Sie war klatschnass vor Verlangen, ihr Körper krampfte bei der bloßen Vorahnung dessen, was sie erwartete.

Die Lust hielt sie in ihrem Griff und trieb sie schier in den Wahnsinn. Sie wusste nur noch, dass sie mehr brauchte, und zwar jetzt. Kurzerhand beförderte sie seine Jeans und seine Unterhose zu Boden. Sein Schaft war befreit, und sie beugte sich sofort vor und fuhr mit ihrer Zunge an seiner Unterseite entlang.

„Vivi."

Heath stieß grob ihren Namen hervor. Als sie den Blick hob, streifte er ihr die Jeans ab und zog ihr das Höschen aus. Sie trat sie beiseite. Daraufhin hob er sie in seine Arme, setzte sich auf die Couch und ließ sie auf seinem Schoß Platz nehmen. Sie wäre beinah auf der Stelle gekommen, als er sich ihr entgegenwölbte und sein heißer, harter Schaft zwischen ihren glitschigen Schamlippen entlangfuhr und ihre empfindliche Knospe streichelte. Er umfasste ihre Brüste und fuhr mit den Daumen über ihre Brustwarzen, die noch feucht von seiner Berührung waren. Dann ließ er eine Brust los und strich mit seiner Hand über die Wölbung ihres Bauches und tauchte in ihre Löckchen ein. Während er mit einer Hand ihre Brustwarze neckte und mit der anderen über ihren Kitzler kreiste, stockte ihr der Atem. Sie hörte, wie ihr sein Name über die Lippen kam – spröde, abgehackt und flehend nach mehr.

Schauer der Lust durchzuckten sie. Ihre Hüften bewegten sich gegen ihn, als sie nach Erlösung gierte. Plötzlich hielt er inne, seine Hand legte sich um ihre Hüfte und hielt sie fest. Seine Finger gruben sich in ihre Haut. Fassungslos und geradezu verstört über die kurze Unterbrechung, riss sie die Augen auf.

„Ich muss noch ein Kondom holen. Lass mich ..."

Sie schüttelte den Kopf. „Wir brauchen keins. Ich

nehme die Pille." Als er zögerte, fühlte sie sich plötzlich peinlich berührt und war sich nicht sicher, ob er so dachte wie sie. Sie wusste nur, dass sie ihm vollkommen vertraute und ihm nur so nahe wie möglich sein wollte, ohne irgendwelche Schranken. Irgendetwas musste sich in ihrem Gesicht widergespiegelt haben, denn er lockerte seinen Griff um ihre Hüfte und strich mit seiner Handfläche ihren Rücken hinauf, um durch ihr Haar zu fahren. Bei seiner Berührung jagten heiße Schauer über ihre Wirbelsäule.

„Einverstanden", flüsterte er, so leise, dass sie ihn fast nicht hörte.

Die ängstliche Ungewissheit, die sich in ihr aufzubauen begonnen hatte, ließ nach. Sie war so angespannt vor Verlangen, dass sie glaubte, explodieren zu müssen. Dann begann er, seine Hüften leicht zu bewegen und griff zwischen sie. Daraufhin hob sie ihre Hüften. Gerade als sie meinte, er würde in ihr versinken, zog er seine Eichel durch ihre feuchte Mitte. Hitze durchflutete sie, fieberhaftes Verlangen nahm sie in Besitz. Er löste seine Hand aus ihrem Haar und legte sie wieder auf ihre Hüfte, um sie langsam auf sich zu ziehen, während er in sie eindrang.

Sie stöhnte auf und ließ ihren Kopf in die Vertiefung seiner Schulter sinken, als er sich zu bewegen begann. Das herrliche Gefühl, von ihm gedehnt zu werden, vertiefte sich mit jeder Bewegung seiner Hüften. Ein Zittern begann sich in ihrem Inneren aufzubauen, der Druck nahm zu, als er wieder und wieder und wieder in sie stieß. Ein Rausch der Glückseligkeit durchströmte sie. Sie flog und er flog mit ihr, ihre Schreie vermischten sich, als sie gegeneinander erbebten.

Langsam ließ sie sich fallen, ihr Körper ruhte in seiner Umarmung. Sie entspannte sich in seinen

Armen, seine Haut lag ganz warm auf der ihren. Sie wollte sich um keinen Preis bewegen, denn endlich fühlte sie sich wohl, fest mit ihm vereint. Seine Hand fuhr ihr durch das Haar und strich es ihr aus dem Gesicht. Als sie schließlich den Kopf hob, sah sie, dass er sie beobachtete, seine Augen blickten aufmerksam und dunkel. Und der Rausch dieser Nähe war so echt, dass sie ihren Blick nicht abwenden konnte.

———

Heath lehnte sich gegen das Kopfteil und betrachtete Vivi. Sie kam gerade aus dem Badezimmer, das an ihr Schlafzimmer grenzte. Ihr dunkles Haar hing ihr in feuchten Locken um die Schultern. Sie entwirrte spielerisch eine Haarsträhne, als sie aufblickte und feststellte, dass er sie beobachtete. Eine leichte Röte stieg auf ihren Wangenknochen auf. Sie kroch neben ihm aufs Bett, schlug die Beine übereinander und warf die Decke über ihren Schoß. Nachdem sie sich vorhin voneinander gelöst hatten, hatten sie gemeinsam geduscht, und sie war in die Küche gegangen und mit einer Schüssel Popcorn und zwei Gläsern Wein zurückgekehrt.

Nun lehnte sie sich neben ihm an das Kopfende des Bettes und griff nach der Fernbedienung auf ihrem Nachttisch. „Du hast die Wahl. Star-Trek-Wiederholungen oder Simpsons-Wiederholungen?"

„Das sind meine einzigen Möglichkeiten?", stichelte er. Er wusste, dass sie ein großer Fan von beidem war, weil sie mit Sophia in der Highschool oft auf Pyjamapartys gegangen war. Damals hatte er tunlichst vermieden, zu viel Zeit mit ihr zu verbringen, weil es für ihn einfach nicht in Ordnung war, der besten Freundin seiner kleinen Schwester nachzustellen. Damals erschienen ihm die drei Jahre, die zwischen ihnen lagen, riesig, eine Barriere, die er nicht zu überwinden gedachte. Jetzt, mit zweiunddreißig, schienen drei Jahre zwischen ihnen nichts zu sein.

Vivi nahm eine Handvoll Popcorn aus der Schüssel, die sie vor ein paar Minuten neben ihm auf dem Bett abgestellt hatte. Mit einem Grinsen warf sie einen Blick zur Seite. „Ja, das steht zur Wahl. Was darf's sein?"

„Nehmen wir die Simpsons. Ich bin mir nicht sicher, wie lange ich wach bleiben kann. Es war ein langer Tag."

Ihr Grinsen wurde breiter, als sie den Fernseher einschaltete und schnell den Kanal wählte. Das fröhliche Titellied der Simpsons begann, als er in die Schüssel griff und sich eine Handvoll Popcorn herausnahm.

Nach ein paar Minuten ergriff Vivi das Wort. „Du siehst ein bisschen mitgenommen aus von heute."

Heath drehte seinen Kopf zur Seite und sah ihre blauen Augen auf sich gerichtet, in deren Tiefe sich Besorgnis abzeichnete. Er nickte. „Ich habe mir ein paar Beulen und blaue Flecken geholt. Nicht der Rede wert."

Sie kaute auf ihrem Popcorn herum und schluckte. „Ich habe mir heute Sorgen um dich gemacht", flüsterte sie so leise, dass er ihre Worte kaum verstehen konnte.

Ihr Blick senkte sich, und plötzlich schien sie sich für das Muster auf ihrer Steppdecke zu interessieren, während sie die Kanten eines der flaumigen Quadrate nachzeichnete.

„Ich komme schon klar", antwortete er, und ihm blieb vor Rührung die Luft weg. Irgendetwas an ihren sanften Worten hatte ihn mitten ins Herz getroffen.

Vivi war so tapfer und hatte sich so gut im Griff, dass er wusste, wie viel es sie kostete, laut auszusprechen, dass sie sich Sorgen gemacht hatte. Er wusste auch, dass sie sich wahrscheinlich zurückziehen würde, wenn er sie darauf ansprach. Stattdessen ließ er seine Hand über die Decke gleiten, legte sie auf ihren Oberschenkel und drückte sie sanft.

Sie blickte wieder auf, ihre Augen schimmerten vor Feuchtigkeit. „Ich glaube, ich verstehe jetzt ein bisschen besser, warum du so sauer gewesen bist, als ich mich allein auf die Suche nach Chris gemacht habe." Sie schüttelte heftig den Kopf und stieß ein kleines Lachen aus. „Ich habe keine Sekunde darüber nachgedacht, wie sich das für dich anfühlen könnte."

„Na gut. Vielleicht sagst du mir das nächste Mal einfach Bescheid, wenn du dich wieder mal zu so etwas entschließt?"

Sie hob eine Schulter und ließ sie sinken. „Das würde ich, aber das spielt wohl kaum noch eine Rolle. Außer Nelson ausfindig zu machen, gibt es nicht viele Gründe, warum ich noch mal alleine losziehen sollte."

Er schmunzelte. „Gut zu wissen. Wie geht's übrigens deiner Schulter?"

„Ganz gut. Tut nur ein bisschen weh." Sie griff nach einer weiteren Handvoll Popcorn.

„Hast du vor, mit Chris zu reden?" Er konnte sich die Frage nicht verkneifen, auch wenn er glaubte, die Antwort zu kennen. Vivi musste mit Chris reinen Tisch machen, was Julianna betraf. Heath hoffte nur, dass das einige Hürden zwischen ihm und Vivi aus dem Weg räumen würde. Zwar hatte sie ihn ein Stückchen in ihr Leben gelassen, aber er hegte keinen Zweifel daran, dass sie noch einen weiten Weg vor sich hatten, wenn es um Julianna ging. Er hatte noch nie eine alleinerziehende Mutter gedatet. Ehrlich gesagt, hatte er noch nie eine Mutter gedatet. Da er während seiner Zeit beim Militär so viel unterwegs gewesen war, hatte er kaum Zeit für etwas anderes als kurze, lockere Beziehungen gehabt. Er besaß genügend Verstand, um zu wissen, dass Vivi Gewissheit darüber haben wollte, bevor sie Julianna erlaubte, ihn als etwas anderes anzusehen als derzeit.

Vivi antwortete schließlich, ihre Worte waren klar und ruhig. „Allerdings. Ich muss endlich aussprechen, was ich ihm schon seit längerem sagen möchte, wie er Julianna behandelt hat. Ich hoffe, dass er Manns genug ist, um ehrlich zu mir zu sein. Abgesehen von seinen rechtlichen Problemen würde ich gerne wissen, ob er jemals vorhat, eine Beziehung zu ihr aufzubauen. Wenn nicht, ist das in Ordnung. Nun, das wäre zwar Scheiße, aber es wäre in Ordnung, weil er ja noch nie eine Beziehung zu ihr hatte. Julianna hat Fragen und ich möchte ehrlich zu ihr sein. Ich habe nicht vor, ihm eine Standpauke zu halten, aber wenn er nicht vorhat, da zu sein, wäre es gut, wenn er das einfach sagen könnte. Bis jetzt hat sich immer alles einfach nur so ergeben."

Sie warf einen Blick zur Seite. „Was denkst du?"

Heath war erstaunt, dass sie seine Meinung hören wollte, aber dadurch wurde ihm ganz warm ums Herz, und es gab ihm einen starken Hoffnungsschimmer, dass er ihr vielleicht genauso viel bedeutete wie sie ihm. „Ich denke, du solltest mit ihm reden. Egal, was ich von ihm halte, er ist Juliannas Vater. Es ist das Beste für sie, wenn du weißt, ob er vorhat, in ihrer Nähe zu sein oder nicht. Und falls nicht, kannst du ihr helfen, damit irgendwie klarzukommen."

Vivi hielt seinem Blick einige Sekunden lang stand, bevor sie entschlossen nickte. „Genau." Damit lehnte sie sich zurück, schnappte sich eine weitere Handvoll

Popcorn und wandte sich dem Fernseher zu. Kurze Zeit später war es mucksmäuschenstill im Zimmer, bis auf Jax' unglaublich lautes Schnurren, das vom Fußende des Bettes ausging. Vivi hatte sich an Heath geschmiegt und ein Bein über das seine gelegt. Ihr Atem war ruhig und gleichmäßig. Da begann auch er, innerlich zu entspannen und schlief schlussendlich ein.

KAPITEL DREIZEHN

Vivi schob sich durch die Tür des Mile High Grounds hinaus in den kühlen Herbstmorgen. Sie und Heath waren heute Morgen hier auf einen Kaffee vorbeigekommen. Er war ein paar Minuten vor ihr zu einer Besprechung wegen eines neuen Auftrags aufgebrochen. Er stellte gerade die Entwürfe für einen neuen Wohnkomplex zusammen. Er würde zwar nicht vor dem nächsten Frühjahr mit dem Bau beginnen, aber die Planung war auf gutem Wege. Sie nahm einen Schluck Kaffee und überquerte die Straße zu ihrem Auto. Zwar fuhr sie nur selten mit dem Auto in die Stadt, aber heute wollte sie zu einem ihrer Stammkunden fahren, um die Blumenbeete vor dem Wintereinbruch vorzubereiten und noch ein paar Stauden zu pflanzen. Auch wenn im Frühling alles spross und in die Höhe schoss, war in ihrer Welt der Herbst die Zeit, in der gepflanzt wurde. Schon im Herbst bereitete man sich darauf vor, was nach der Schneeschmelze aus dem Boden sprießen würde. Außerdem wollte sie heute Nachmittag im Gefängnis vorbeischauen und versuchen, sich mit Chris zu unterhalten.

Ein paar Stunden später streifte sie die Erde von ihren Arbeitshandschuhen ab und trat mit ihren Stiefeln gegen ihren Reifen. Sie stützte die Fäuste in ihre Hüften und begutachtete den Hof. Er war bereit für den Winter. Sie hatte noch ein paar Narzissen vor dem Haus gepflanzt und alle Beete gemulcht. Nachdem sie ihre Werkzeuge weggepackt hatte, kritzelte sie eine Nachricht für die Eigentümer, dass sie die Rechnung per Post schicken würde, und machte sich auf den Weg. Ihr nächster Halt war das Gefängnis. Jedes Mal, wenn sie daran dachte, nach all der Zeit und nach ihrer unsanften Begegnung in den Bergen neulich Chris gegenüberzustehen, wurde ihr ganz mulmig zumute. Sie war fest entschlossen, die Sache mit ihm klarzustellen, aber das hieß noch lange nicht, dass sie sich darauf freute.

Als sie auf dem Polizeirevier ankam, meldete sie sich zuerst bei Roger. „Gibt es etwas Neues?", fragte sie, eine Frage, die sie gefühlt hunderte Male gestellt hatte, seit sie und Sophia im letzten Jahr in die Ermittlungen gegen das Schmugglernetzwerk eingebunden worden waren.

Roger lehnte sich in seinem Stuhl zurück und fuhr sich mit der Hand durch sein dunkles Haar. „Nicht viel, aber wir haben ein paar neue Erkenntnisse von Chris bekommen. Zuerst war er stur, aber nachdem er sich mit seinem Pflichtverteidiger beraten hat, scheint er zu dem Schluss gekommen zu sein, dass es für ihn besser sei, einen Deal einzugehen, um sein Strafmaß zu verringern."

Vivi ließ sich auf den Stuhl gegenüber von Rogers Schreibtisch plumpsen. „Und?"

„Chris schwört, dass er erst seit etwa einem Jahr für Nelson arbeitet. Ich bezweifle diesen Teil seiner Geschichte zwar, aber er bemüht sich, die negativen

Konsequenzen für sich selbst so gering wie möglich zu halten. Was der andere Kerl, den wir festhalten, uns erzählt hat, stimmt mit Chris' Version überein, was seine Beteiligung angeht. Chris war für die Lieferungen zuständig. Er behauptet, dass er nichts selbst befördert hat, aber mein Gefühl sagt mir das Gegenteil. Höheres Risiko, aber auch mehr Geld. Seit Nelson untergetaucht ist, hält sich Chris laut eigener Aussage an verschiedenen Orten versteckt. Er schwört Stein und Bein, dass er keine Ahnung hat, wo Nelson sich gerade aufhält. Ich glaube ihm das, weil Nelson nicht das Risiko eingehen wird, jemandem zu verraten, wo er ist. Selbst wenn er Chris vertraut, ist es für ihn sicherer, wenn niemand weiß, wo er sich aufhält. Wer keine Ahnung hat, kann es auch nicht aus Versehen verraten." Roger machte eine Pause und nahm einen Schluck Kaffee aus einem abgenutzten Pappbecher.

„Und wie soll uns das helfen?", fragte Vivi, verärgert darüber, dass es sich nicht so anhörte, als ob Chris viel zu erzählen hätte, was sie nicht auch schon vorher hätten ahnen können.

Roger stellte seine Kaffeetasse ab und stützte sich mit den Ellbogen auf dem Schreibtisch ab. „Lass mich doch mal ausreden, bevor du zu ungeduldig mit mir wirst. Ich wette, du denkst, du hättest das alles erraten können. Sicher, das hätten wir. Aber das bedeutet nicht, dass es nicht hilfreich sein könnte, ein paar der Annahmen bestätigt zu bekommen. Dass Chris in Gewahrsam ist, bedeutet, dass Nelson eine weitere Stütze verloren hat. Laut Chris hält sich Nelson sehr bedeckt und verlässt sich nur auf einen oder zwei Shifter, die an ein paar Orten Lebensmittel und andere Vorräte lagern. Das Drogenversteck in dem Schuppen war eigentlich für Nelson bestimmt. Er braucht dringend Geld, also hat er gehofft, sich so etwas dazuverdienen zu können. So hilft Chris uns. Wir haben eine von Nelsons letzten Stützen abgeschnitten. Chris hat uns auch Informationen über die Aufenthaltsorte gegeben, an denen Nelson seiner Meinung nach zu finden sein könnte. Anfangs war Chris ziemlich dickköpfig, aber dann hat er sich überwunden und uns geholfen."

Vivi kaute auf der Innenseite ihrer Wange; ihre Unruhe hatte sie übermannt. Sie überlegte immer noch, ob sie mit Chris reden sollte. „Was für einen Deal würdet ihr mit Chris aushandeln?"

Roger zuckte mit den Schultern. „Das hängt vom Staatsanwalt ab. In einem Fall wie diesem würde man normalerweise über die Anklagepunkte verhandeln und die Zeit hinter Gittern verkürzen. Wir haben ihn wegen Drogenbesitzes mit der Absicht, eine ziemlich große Menge davon zu verticken, fest im Griff, also wird sein Anwalt versuchen, ihn zur Vernunft zu bringen, was er auch schon getan hat." Er machte eine Pause für einen weiteren Schluck Kaffee und verzog das Gesicht. „Verdammt, der Kaffee ist heute wirklich mies." Dann blickte er wieder zu Vivi. „Bist du bereit, dich mit ihm auszusprechen?"

Ihr Magen zog sich vor Anspannung zusammen, vermischt mit Unmut. Sie hatte überhaupt keine Lust darauf, mit Chris zu reden. Wenn sie nicht schwanger geworden wäre, wäre er bloß ein einmaliger Ausrutscher gewesen. Stattdessen war er wegen Julianna für immer mit ihr verbunden. Julianna war der einzige Grund, warum Vivi hier war, um sich mit Chris zu unterhalten. Das war sie ihr schuldig. Sie sah Roger in die Augen. „Weiß er, dass ich vorbeikomme?"

„Allerdings. Als wir ihn vorhin befragt haben, habe ich ihn wissen lassen, dass du um ein Treffen gebeten hast. Nur damit du es weißt, er hätte ablehnen können, aber das hat er nicht.“

Sie stand von ihrem Stuhl auf. „Also gut, dann wollen wir das mal hinter uns bringen.“ Sie musste die Sache endlich abhaken. Seit sie vor ein paar Jahren das letzte Mal von Chris gehört hatte, hatte sie in ihrem Kopf zahlreiche hypothetische Gespräche mit ihm durchgespielt, in denen sie ihm meist die Leviten gelesen hatte und hocherhobenen Hauptes davongelaufen war. In ihrer Vorstellung war er natürlich entsprechend gedemütigt und beschämt gewesen, dass er Julianna im Stich gelassen hatte. Aber jetzt, wo sie kurz davor stand, tatsächlich mit ihm zu reden, wusste Vivi nicht, was sie sagen sollte. Eigentlich wollte sie nur wissen, ob er jemals daran gedacht hatte, an Juliannas Leben teilhaben zu wollen. Das Problem war, dass sie keine Ahnung hatte, was sie tun sollte, wenn die Antwort ja lauten sollte.

Roger stand von seinem Schreibtisch auf und kippte den letzten Rest seines miesen Kaffees hinunter, bevor er den Pappbecher in den Mülleimer neben der Tür warf. Er bedeutete ihr, ihm in den Flur zu folgen. Sie liefen einen unpersönlichen grauen Flur entlang, durch eine Sicherheitstür in einen anderen Flur. Zwei weitere Sicherheitstüren später stand sie neben Roger vor einer Tür, die in einen Raum führte, in dem Chris an einem Tisch saß. Der Raum hatte ein Fenster, sodass ihr gesamtes Gespräch mit Chris beobachtet werden konnte. Als sie an der Tür stand, ohne sich zu rühren, warf Roger ihr einen Blick zu.

„Hast du es dir anders überlegt?“, fragte er.

Sie kannte Roger schon ihr ganzes Leben lang. Sie waren zusammen in Painter aufgewachsen. Sie wusste zwar nicht mehr, wie viele Jahre sie in der Schule voneinander getrennt waren, aber sie waren altersmäßig nah genug beieinander, um sich immer wieder getroffen zu haben. Er gehörte zwar nicht zu ihrem engsten Freundeskreis, aber sie vertraute ihm blind. Seitdem die Gerüchte über das Schmuggelnetzwerk der Shifter die Runde gemacht hatten, war sie überaus erleichtert, dass Roger bei der Polizei war. Ein paar befreundete Shifter bei den Cops waren nie ein Fehler, aber in letzter Zeit umso mehr. Im Augenblick war sie erleichtert, dass sie Roger so gut kannte, sonst wäre sie ziemlich in Verlegenheit geraten. Einerseits wollte sie mit Chris reden, andererseits auch wiederum nicht. Durch diese Unentschlossenheit fühlte sie sich innerlich unruhig und unausgeglichen.

Sie wandte sich an Roger. „Vielleicht, aber ich ziehe das jetzt trotzdem durch. Wartest du hier draußen?", fragte sie und deutete auf den kleinen Raum, in dem sie standen. Er war kahl bis auf ein paar Stühle und das Fenster, das in den Raum blickte, in dem Chris wartete.

„Das liegt an dir. Wenn es dir unangenehm ist, verschwinde ich. Aber alles in diesem Raum wird aufgezeichnet. Er könnte dir weitere Auskünfte zukommen lassen, die wir uns nicht entgehen lassen können. Entweder warte ich hier drinnen oder draußen auf dem Flur. Deine Entscheidung."

Vivi zuckte mit den Schultern. „Ich habe nichts zu verbergen, also spielt das für mich keine Rolle." Daraufhin atmete sie tief durch. „Also gut, dann lass mich bitte da rein."

Vor dem Scanner an der Tür zog Roger seinen Ausweis durch. Mit einem leisen Klicken stieß er sie auf und ließ sie eintreten. Dann fiel die Tür hinter ihr zu. Chris blickte vom Tisch auf. Er war mit Handschellen gefesselt, was ihr einen Schauer über den Rücken jagte. Wie sie es auch drehte und wendete, es war seltsam, Juliannas Vater so vor ihr sitzen zu sehen. Von all den Dingen, die sie an Chris geärgert hatten, nachdem sie ihn als den kennen gelernt hatte, der er war, hätte sie niemals damit gerechnet.

Sein blond-braunes Haar war noch zerzauster als sonst. Seine braunen Augen waren müde und wirkten niedergeschlagen. Sie musste daran denken, dass sie ihn früher für recht attraktiv gehalten hatte – einen unbekannten Shifter von außerhalb der Stadt mit einem schelmischen Lächeln und einer ungezügelten Ausstrahlung. Aber wenn sie ihn jetzt so ansah, wunderte sie sich, dass sie sich jemals zu ihm hingezogen gefühlt hatte. Im Nachhinein konnte sie sich nur fragen, was zum Teufel sie sich dabei gedacht hatte. Ihr Magen war immer noch wie verknotet, aber sie schaffte es, an den kleinen Tisch heranzutreten und ihm gegenüber Platz zu nehmen.

„Hallo", begann sie schlicht, unsicher, wo sie anfangen sollte.

Chris nickte, sein Blick begegnete dem ihren und schweifte dann ab. „Hey. Äh, man hat mir gesagt, dass du mit mir reden möchtest."

Sie saß da, ihre Gefühle von Verärgerung, Enttäuschung und Schmerz waren abgenutzt und erschöpft. „Hör zu, ich bin nicht hier, weil du mir irgendwie am Herzen liegst. Ich bin nur wegen Julianna hier. Sie ist inzwischen alt genug, um sich zu fragen, wer ihr Vater ist, und das tut sie auch ab und zu. Ich schätze, da würde ich gerne wissen, ob du jemals vorhast, Teil ihres Lebens zu sein."

Chris fuhr mit einem Finger an der Stahlkante seiner Handschellen entlang. Dann schüttelte er einfach den Kopf.

Zorn loderte heiß in ihr auf. Ihre Brust zog sich zusammen und sie musste sich zwingen, einen kräftigen Atemzug zu tun. Sie schluckte und betrachtete ihn. „Das ist also ein Nein?"

Chris lehnte sich in seinem Stuhl zurück, seine Augen waren kalt und leer. „Offensichtlich. Shifter lassen sich nicht gern binden. Das hast du schon gewusst, als du mich kennengelernt hast. Nichts daran hat sich geändert. Ich weiß nicht, warum du jemals angenommen hast, dass es anders wäre."

Chris' Worte trafen sie mitten ins Herz. Sie hatte gewusst, dass er diese Seite des Shifterdaseins verklärt hatte – wild, frei und ungebunden zu sein. Und solange er nichts anderes war als ein Shifter, den sie attraktiv gefunden und der ihre eigene Wildheit angesprochen hatte, schien das auch keine Rolle zu spielen. Doch dann hatte sie Julianna bekommen und alles in ihr war ins Wanken geraten. Sie wollte für Julianna einen Vater haben, der sich um sie kümmerte. Sie hatte sich nur mit Mühe damit abgefunden, wie töricht sie gewesen war. Sie hatte sich zwar nicht an den dünnen Faden der Hoffnung klammern wollen, dass Chris eines Tages tatsächlich für Julianna da sein könnte, aber das hatte sie. Die Last, Julianna diese Wahrheit zu sagen, lag schwer auf ihren Schultern.

„Fahr doch zur Hölle", stieß sie zwischen zusammengebissenen Zähnen hervor.

Dann stieß sie ihren Stuhl zurück. Er schrammte über den Betonboden, das Geräusch klang laut und harsch in dem kleinen Raum. Sie blickte noch einmal zu Chris hinüber. „Hab wenigstens so viel Anstand, der Polizei zu geben, was sie braucht, um Nelson zu fassen."

Mit diesen Worten wandte sie sich ab und verließ den Raum. Roger lehnte an der gegenüberliegenden Wand neben der Tür. Er stieß sich ab und öffnete schnell die Tür, die in den Flur führte. Dort angelangt, legte Vivi einen Zahn zu. Bei der nächsten Tür angekommen, drehte sie sich ungeduldig zu Roger um, als er nicht sofort seine Karte durchzog, um die Tür zu öffnen

Roger lehnte sich mit der Schulter gegen die Wand neben der Tür. „Hör zu, ich kann mir gut vorstellen, dass du sauer bist, aber wenigstens war er ehrlich zu dir."

Sie zuckte mit den Schultern und trat von einem Fuß auf den anderen. „Ja. Ich habe mir zwar keine großen Hoffnungen gemacht, aber für Julianna ist es trotzdem scheiße."

Roger sah sie einen langen Augenblick lang an, bevor er nickte und seinen Ausweis durch den Scanner am Schloss zog. Er hielt ihr die Tür auf und begleitete sie den nächsten Gang entlang bis zum Eingang. Beim Hinausgehen warf sie einen Blick über ihre Schulter. „Danke, Roger."

Nach einem kurzen Nicken ließ er die Tür zufallen. Sie eilte zu ihrem Auto und stieg ein. Plötzlich entlud sich in ihr all die angestaute Wut, die sie bis dahin zurückgehalten hatte. Sie warf ihre Handtasche auf den Beifahrersitz und schlug mit der Faust gegen das Lenkrad. Dann lehnte sie sich zurück und seufzte, und der Wutausbruch verflog so schnell, wie er gekommen war. Sie stellte sich Juliannas große braune Augen vor, als sie fragte, wieso sie keinen Dad hatte, der bei ihnen lebte. Ihr Herz krampfte sich vor Kummer, Schmerz und Enttäuschung zusammen. Zum tausendsten Mal wünschte sie sich, sie hätte genug Verstand besessen, um hinter Chris' Fassade zu blicken. Wieder begann die sich wiederholende Schleife von Schuldzuweisungen, die mit der seltsamen Tatsache endete, dass sie ohne Chris Julianna nicht hätte, und Julianna war mit Abstand das Beste in ihrem Leben.

Sie seufzte und startete ihr Auto. Als sie zu Hause ankam, hatte bereits ein eisiger Regen eingesetzt. Sie stürzte nach drinnen und lehnte sich gegen die Tür. Ihre Gefühle waren völlig durcheinander. Plötzlich fragte sie sich, warum sie sich überhaupt eingebildet hatte, sich Hoffnungen in Bezug auf Heath zu machen. *Dummes, dummes, dummes Ding. Woher weißt du überhaupt, dass es mit ihm klappen könnte? Du warst doch genauso bescheuert, dir Hoffnungen in Bezug auf Chris zu machen, und sieh nur, was daraus geworden ist.*

Sie stieß sich von der Tür ab, streifte ihre Jacke ab und hängte sie an der Garderobe neben der Tür auf. Nachdem sie ihre Stiefel ausgezogen hatte, hörte sie draußen das unverkennbare Geräusch der Bremsen des Schulbusses. Sie trat an den Herd und erhitzte die Teekanne, bevor sie zur Tür trat, gerade als Julianna die Treppe zur Veranda heraufkam. Sie stürmte herein und schüttelte den Kopf, wobei ihre Zöpfe hin und her schwangen und eine Riesenladung Regentropfen durch die Luft schickten.

„Sieh nur! Ich bin ganz nass geworden!"

Juliannas freudige Ankündigung durchbrach den Schleier der negativen Gedanken und zauberte ein Lächeln auf Vivis Gesicht, ein Lächeln, das allerdings schnell verblasste, als sie an die Tatsache dachte, dass ihre fröhliche Tochter einen Vater hatte, der sich einen Dreck darum scherte. Auch wenn sie das in gewisser Weise schon seit Jahren gewusst hatte, war es doch ein Schlag ins Gesicht, das mit Sicherheit zu wissen. Sie zwang sich jedoch, sich ihre Gefühle nicht anmerken zu lassen und richtete ihre Aufmerksamkeit auf Julianna. Dann neigte Vivi den Kopf zur Seite. „Was du nicht sagst?"

Julianna kicherte und schlüpfte aus ihrem Rucksack, während sie sich die Schuhe auszog. Vivi vermutete, dass Julianna draußen im Regen auf den Bus gewartet haben musste, denn ihre Jacke war völlig durchnässt. Die Schultern ihres Shirts waren ebenfalls feucht und ihre Hose klebte an ihren Beinen. Als sie sah, wie Julianna ein Schauer durchlief, deutete Vivi mit dem Kinn in Richtung Badezimmer. „Wie wär's, wenn du schnell ins Bad hüpfst? Du bist völlig durchnässt und frierst. Das wärmt dich auf."

Wie kalt Julianna war, zeigte sich daran, dass sie schnell nickte und an Vivi vorbei ins Bad stürmte. Vivi rief ihr hinterher. „Ich mache uns zum Abendessen überbackene Käsesandwiches."

Nach dem Abendessen im Wohnzimmer und einer halben Stunde Fernsehen brachte Vivi Julianna ins Bett und drückte ihr einen Kuss auf die Stirn. „Gute Nacht, Süße."

„Nacht, Mom."

Dann stand Vivi auf und ging leise in Richtung Tür. Kurz bevor sie diese erreicht hatte, hörte sie Juliannas leise Stimme. „Wann können wir Heath wieder mal zum Abendessen einladen?"

Vivis Magen kribbelte und sie fühlte sich ganz eng in der Brust. Dass Julianna nach Heath fragte, tat ihr fast weh und versetzte ihrem Wunschdenken einen gehörigen Dämpfer. Nach dem heutigen Tag wünschte sie sich nichts sehnlicher, als sich innerlich so weit zu stählen, dass sie sicherstellen konnte, Julianna zu beschützen. Sie durfte einfach auf nichts mehr hoffen. An der Tür hielt sie inne, ihre Hand umklammerte den Türrahmen. „Ich bin mir nicht sicher, Süße. Aber wenn ich ihn das nächste Mal sehe, frage ich ihn."

„Versprochen?"

„Klar doch. Sobald ich ihn sehe, erkundige ich mich."

Sie schritt durch die Tür und schloss sie leise. Dann durchquerte sie schnell das Wohnzimmer und setzte sich an den Küchentisch. Sie stützte die Ellbogen auf den Tisch und ließ ihr Gesicht in ihre Hände sinken. Seufzend ließ sie ihren Atem durch ihre Finger strömen. Sie hatte Heath bereits viel zu weit an sich herangelassen. Sie hatte keine Ahnung, wie sie mit dieser Sache umgehen sollte. Angesichts der brutalen Wahrheit, dass sie gegenüber Julianna in Bezug auf Chris ehrlich sein musste, durfte sie bei Heath nicht auf das Beste hoffen. Nicht jetzt. Sie löste ihre Hände von ihrem Gesicht und setzte sich auf, als ihr Handy auf dem Tisch vibrierte. Heaths Name blinkte auf dem Display auf, zusammen mit einer weiteren Textnachricht. Er hatte ihr heute Nach- mittag schon ein paar Mal gesimst. Anfangs hatte sie versucht, sie nicht zu beachten, weil sie einfach keine Lust hatte, sich mit ihm auseinanderzusetzen, während sie sich mit Chris herumschlagen musste. Schließlich hatte sie sich entschlossen, ihm zu antwor- ten, in der Hoffnung, er würde sie wenigstens für den heutigen Abend in Ruhe lassen. Sie war nicht gerade stolz darauf, aber sie hatte ihm einfach mitgeteilt, dass sie Migräne hatte.

Sie tippte auf das Display und las seine letzte Nachricht. *Hoffe du kannst dich ausruhen und fühlst dich heute Abend besser. Melde mich morgen wieder.*

Es juckte ihr in den Fingerspitzen, eine Antwort zu tippen, aber sie zwang sich, das Handy wegzulegen. Der Teil ihres Herzens, der sich danach sehnte, dass Heath derjenige war, an den sie sich wenden konnte, um Unterstützung zu bekommen, konnte nicht die Kontrolle über ihr Leben haben. Sie musste stark bleiben und auf eigenen Füßen stehen, so wie sie das schon seit Jahren getan hatte. Unruhig stand sie auf und machte sich auf den Weg zur Dusche, als ob sie damit ihre wirren Gefühle abwaschen könnte. Danach fiel sie in einen unruhigen Schlaf. Als sie am nächsten Morgen aufwachte, half sie Julianna, sich für die Schule fertig zu machen, und sah ihr zu, wie sie durch den Regen rannte, um in den Bus zu steigen.

Als dann ihr Handy vibrierte und sie eine weitere Nachricht von Heath sah, traf sie eine abrupte Entscheidung. Sie wusste nicht, ob sie für eine Beziehung bereit war, und sie hatte auch keine Ahnung, ob es überhaupt Sinn ergab, sich so sehr auf jemanden einzulassen. Sie war ratlos, vor allem, wenn es um Julianna ging. Also schnappte sie sich ihr Handy und rief Heath an.

Sobald er abnahm, fing sie an zu reden. „Ich kann das alles nicht. Ich weiß, dass du wahrscheinlich darüber reden möchtest, aber es hat keinen Sinn. Zumindest nicht im Augenblick. Ich muss mich jetzt auf Julianna konzentrieren, und ich glaube nicht, dass momentan der richtige Zeitpunkt ist, um irgendeine Art von Beziehung einzugehen." Dann hielt sie inne und schnappte nach Luft.

Heath wollte etwas sagen, aber sie unterbrach ihn. Sie konnte nicht ertragen, wie sie sich fühlte – eine Mischung aus Wut, Angst und dem verzweifelten Bedürfnis, niemanden zu brauchen, besonders wenn ihr Herz so verletzlich war. „Ich muss jetzt los. Tut mir leid." Sie beendete das Gespräch und warf ihr Handy quer durch den Raum. Es schlug an der Wand auf und prallte auf den Boden. Aber sie machte sich nicht mal die Mühe, es aufzuheben. Stattdessen setzte sie sich an den Küchentisch, und der Stuhl kippte fast um, als sie sich auf seine Kante setzte.

KAPITEL VIERZEHN

Heath versuchte sofort, Vivi zurückzurufen, als die Verbindung unterbrochen worden war. Aber es klingelte bloß und niemand nahm ab. Da schnappte er sich seinen Mantel und zog ihn an, während er nach draußen in den Regen rannte, um in seinen Wagen zu steigen. Er war schon auf dem Weg zu ihrem Haus, hielt aber abrupt an, als er gerade in die Main Street einbiegen wollte. Obwohl er sie unbedingt sehen und mit ihr reden wollte, kannte er sie gut genug, um zu wissen, dass es wahrscheinlich nicht helfen würde, wenn er jetzt versuchte, sie zu drängen. Mit einem krampfhaften Gefühl der Angst und Enttäuschung im Bauch bog er in die entgegengesetzte Richtung ab und fuhr zur Polizeistation. Er wusste ja nicht, was gestern vorgefallen war, aber er wusste, dass sie sich mit Chris im Gefängnis unterhalten hatte. Vielleicht konnte Roger etwas Licht in die Angelegenheit bringen.

Ein paar Minuten später betrat er das Polizeirevier. Er klopfte seine Jacke ab, um den Regen abzuschütteln. Roger musste ihn wohl auf dem Parkplatz gesehen haben, denn er kam ihm direkt im Empfangs-bereich entgegen.

„Komm doch mit nach hinten", rief Roger und hielt Heath die Tür auf, damit er ihm in den Flur folgen konnte, der zu den Büros führte. „Kaffee?", fragte Roger, als er innehielt, um sich eine Tasse aus der Kaffeekanne einzuschenken, die auf einem Tisch neben seiner Bürotür stand.

„Nein danke."

„Wie du meinst." Roger führte ihn in sein Büro und schloss die Tür hinter Heath. Dann schnappte er sich einen Stuhl am Tisch und bedeutete Heath, ihm gegenüber Platz zu nehmen. „Ich kann mir denken, warum du hier bist."

„Ach ja, warum denn?", konterte Heath.

„Vivi hat nicht gerade erfreut ausgesehen, als sie nach ihrem Treffen mit Chris gegangen ist. Hast du sie gesehen?"

Heath lehnte sich seufzend zurück und schüttelte den Kopf. „Nö. Aber sie hat mich angerufen und mir im Grunde genommen gesagt, ich solle mich von ihr fernhalten. Ich habe mich schon gefragt, was zum Teufel passiert ist, nachdem sie sich gestern mit Chris unterhalten hat."

„Anscheinend wollte sie wissen, ob er jemals vorhatte, seine Vaterrolle wahrzunehmen. Aber er hat ihr klargemacht, dass das nie passieren würde. Es hatte den Anschein, dass sie nicht um sich selbst, sondern um Julianna besorgt war."

Heath nahm das auf und zuckte mit den Schultern. „Wir haben vorgestern Abend darüber gesprochen. Sie hat gesagt, sie wollte bloß wissen, was er vorhat. Ich habe wohl angenommen, dass sie sich schon an die Tatsache gewöhnt hat, dass er nicht mehr da ist." Er schluckte gegen die Enge in seiner Brust und in seiner

Kehle an. Es gefiel ihm nicht, von seinen Gefühlen für sie innerlich zerrissen zu werden. Er wollte auf keinen Fall so durcheinander aussehen, wie er sich innerlich fühlte. Roger war zwar ein Freund, aber Heath war nicht gerade bereit für ein Gespräch über Beziehungsfragen mit ihm. Oder mit sonst jemandem. „Wie ist dein Gespräch mit Chris gelaufen?"

„Nachdem er die Sache hinausgezögert hatte, hat sich sein vom Gericht bestellter Anwalt mit ihm getroffen. Er weiß, dass wir Chris wegen Drogenbesitzes drankriegen, also muss er ihn wohl zur Vernunft gebracht haben. Danach hat er sich geöffnet. Nichts, was wir nicht schon vermutet hätten, aber er hat eine Menge Einzelheiten bestätigt. Er hilft Nelson seit etwa einem Jahr beim Abholen und Abliefern der Ware. Nicht, dass die Informationen selbst von großer Bedeutung wären, aber wir bekommen wenigstens ein Druckmittel."

„Warum hat er den Vorrat im Schuppen aufbewahrt? Ich meine, es ist doch jetzt Monate her, seit Nelson verschwunden ist. Ich hätte vermutet, dass der Schmuggel größtenteils zum Erliegen gekommen ist, nachdem Nelson nicht mehr da war, um das Ganze zu organisieren."

Roger nickte. „Ganz genau. Laut Chris waren die wenigen Verstecke, die Nelson noch hatte, den anderen Mitgliedern des Netzwerks unbekannt. Chris hatte diese Menge von einem Ort zum anderen gebracht, seit wir damit begonnen hatten, Grundstücke zu durchsuchen und alle Lagerorte auszuräumen. Er ist wohl davon ausgegangen, dass wir dieses Grundstück bereits durchsucht hatten und es daher ein sicherer Ort wäre. Nelson hat geplant, das Zeug selbst zu schmuggeln, um flüssig zu bleiben. Chris scheint nicht zu wissen, ob noch jemand übrig ist, der Nelson hilft, so wie er. Er weiß auch nicht, wo Nelson ist, obwohl er einige der Orte kennt, an denen er sich versteckt hat. Ich hatte gehofft, mit dir und Daniel in den nächsten Tagen aufbrechen zu können. Ich schätze, sobald Nelson merkt, dass Chris verhaftet worden ist, wird er wieder ausschwärmen. Chris hat uns drei Orte genannt, zwei in Wyoming und einen ein paar Stunden nördlich in Colorado. Die beiden in Wyoming haben wir durchsucht, weil Daniel diese Grundstücke geerbt hat. Das in Colorado ist uns neu. Ich habe es auf einer Karte nachgesehen, und es befindet sich auf bundesstaatlichem Grund und Boden. Ich werde zwei Einheiten zu den anderen Grundstücken schicken und hatte gehofft, dass du und Daniel mich zu dem näher gelegenen begleiten würdet."

„Ich bin da, wann immer du möchtest. Ich bin mir ziemlich sicher, dass Daniel auch mitkommt. Hast du eine Idee, wann?"

„Ich peile das Ende der Woche an, wenn das für euch in Ordnung geht. So gerne ich auch sofort losfahren würde, Nelson wird uns erwarten. Ich würde gerne ein paar Tage warten, damit er sich etwas beruhigen kann."

Heath stand vom Tisch auf. „Ruf mich einfach an. Ich sage Daniel Bescheid, sobald ich ihn sehe."

Als Heath die Tür erreichte, meldete sich Roger noch einmal zu Wort. „Heath."

„Ja?"

„Gib Vivi ein bisschen Zeit. Sie kriegt sich schon wieder ein."

Heath war dankbar für Rogers Worte, aber er war ungeduldig und enttäuscht – nicht gerade hilfreich in diesem Augenblick. „Hoffentlich. Man sieht sich." Heath winkte ihm zu und ging.

Nun machte sich Heath auf den Weg zum Mile High Grounds. Er musste herausfinden, ob Sophia eine Ahnung hatte, was mit Vivi los war. Das Café war ein gemütlicher Zufluchtsort an diesem kalten, regnerischen Tag. Normalerweise hätte er aufgeatmet und sich entspannt, sobald er das Lokal betreten hätte, aber heute war er innerlich zu sehr mit Vivi beschäftigt. Er schritt zum Tresen und fuhr sich mit dem Unterarm über das Gesicht, um sich den Regen abzuwischen.

Sophia blickte auf. Dabei öffnete sie den Mund und schloss ihn wieder, ihre Augen verengten sich. „Was ist los?"

„Können wir mit einem Kaffee anfangen?", bat Heath. In Sophia regte sich ein Anflug von Unmut darüber, dass er offenbar derart aus dem Gleichgewicht geraten war.

„Sicher. Was hättest du denn gerne heute?"

„Irgendwas Starkes."

Sophia deutete mit einem Nicken auf die Espressomaschine hinter sich. „Tommy, zeig, was du drauf hast", rief sie ihrem Mitarbeiter zu.

„Alles klar." Tommy nickte in Heaths Richtung. „Ich mache einen Americano mit einem zusätzlichen Schuss. Wie hört sich das an?"

„Klingt gut", antwortete Heath. Er lehnte sich an die Wand neben dem Tresen und warf automatisch einen Blick zur Tür, als die Klingel ertönte.

Ein Pärchen kam herein und trat an den Tresen heran. Sophia nahm ihre Bestellung auf und legte das bestellte Gebäck auf zwei kleine Teller. Während sie sich um die beiden kümmerte, trat Tommy hinter der Espressomaschine hervor und schob Heaths Kaffee über den Tresen. „Wohl bekomm's", rief er, bevor er sich wieder umdrehte, um sich um die nächste Bestellung zu kümmern.

Heath nahm einen Schluck und seufzte, der Geschmack war stark und gehaltvoll. „Traumhaft!", rief er Tommy zu, der ihn angrinste.

Nachdem das Paar zur Seite getreten war und sich an einen Tisch gesetzt hatte, wandte sich Sophia wieder an Heath. „Also gut, irgendetwas stimmt nicht. Was ist los?"

„Ich hatte gehofft, dass du das wüsstest."

„Offensichtlich habe ich keinen blassen Schimmer."

„Vivi hat sich gestern mit Chris getroffen. Gestern Abend hat sie mich dann abblitzen lassen und behauptet, es ginge ihr nicht gut. Und heute Morgen hat sie … na ja, ich glaube, sie hat mich irgendwie abserviert."

Sophias Augen weiteten sich. „Was? Was hat sie denn gesagt?"

Heath nahm einen Schluck Kaffee, als ob ihn das irgendwie aufmuntern könnte. Innerlich kribbelte es in seinem Bauch, und sein Herz pochte schmerzhaft. Er wünschte sich nichts sehnlicher als eine Möglichkeit, sich mit Vivi auszusprechen, aber die gab sie ihm nicht, also versuchte er, aus Sophia herauszukriegen, was er konnte. Sie war Vivis engste Freundin. Wenn irgendjemand erahnen konnte, was Vivi durch den Kopf ging, dann Sophia.

„Sie hat gesagt, dass sie nicht glaubt, dass momentan der richtige Zeitpunkt wäre, um eine Beziehung einzugehen und dass sie sich auf Julianna konzentrieren müsste. Sie hat mir nicht den Funken einer Chance gegeben, über irgendetwas zu reden. Das ist alles. Ich hatte gehofft, dass du eine Ahnung hast, was passiert ist."

Sophia schwieg mehrere Sekunden lang. Gerade als

Heath sie wieder fragen wollte, was sie dachte, rief Tommy ihren Namen. Sie wirbelte herum und schnappte sich schnell die beiden Kaffeegetränke, die Tommy ihr reichte. Ohne Unterbrechung schlüpfte sie hinter dem Tresen hervor und brachte die Tassen zu dem Paar an den Tisch. Als sie an ihren Platz an der Kasse zurückkehrte, betrachtete sie Heath mit besorgtem Blick. „Ich weiß zwar nicht, was passiert ist, seit sie sich mit Chris unterhalten hat, aber ich kann mir schon denken, was hier los ist. Diese ganze Sache mit dir, nun ja, sie hat sie überrumpelt. Ich zweifle nicht eine Sekunde daran, dass sie dich will. Aber du musst verstehen, wie es für sie in den ersten Jahren nach Juliannas Geburt war. Sie ist kaum klargekommen. Ihre Eltern haben ihr zwar geholfen, aber Vivi wollte alles alleine schaffen. Ich vermute, dass das Gespräch mit Chris all ihre Zweifel daran, ob eine Beziehung funktionieren kann, wieder aufleben hat lassen. Weil er, nun ja, aus Juliannas Leben verschwunden ist, nimmt Vivi sie besonders in Schutz. Ich kann dir nicht raten, was du jetzt tun solltest, aber vielleicht lässt du ihr ein wenig Freiraum. Es könnte helfen, wenn du eine Möglichkeit findest, ihr deutlich zu machen, dass du für sie da bist, egal was passiert."

Heath verschluckte sich an seinem Kaffee. „Ich soll ihr also einerseits ihren Freiraum geben und ihr andererseits vermitteln, dass ich für sie da bin, egal was passiert? Wie zum Teufel soll ich das beides gleichzeitig schaffen?"

Sophia ließ seufzend die Schultern sinken. „Das weiß ich doch auch nicht." Dann lächelte sie reumütig. „Ich fürchte, das schaffst du nicht."

„Ich wüsste nicht, wie."

Ein paar Tage später blickte Heath auf den Waldrand. „Wie weit sind wir entfernt?", fragte er und wandte sich an Roger, der neben ihm stand, während Daniel sich auf der anderen Seite aufgestellt hatte.

Roger zuckte mit den Schultern. „Ich weiß bloß, was Chris uns erzählt hat. Von hier aus zeigen die Luftbilder, dass die alte Jagdhütte etwa drei Kilometer von hier entfernt ist. Nicht wirklich weit."

Heath drehte sich in einem langsamen Kreis. Sie hatten auf einem kleinen Parkplatz am Rande des Waldes geparkt. Die Straße, die hierher führte, schlängelte sich durch die Berge. Sie hatte eben begonnen und dann steil nach oben in die Berge geführt.

„Ich würde sagen, wir machen uns auf den Weg, solange es noch hell genug ist", meinte Daniel.

„Einverstanden", stimmte Heath zu.

„Jap.. Packen wir's an", sagte Roger.

Sie hatten sich auf der Fahrt hierher ausführlich unterhalten, sodass es keinen weiteren Bedarf für eine Planung gab. Sie würden größtenteils zu dritt zusammenbleiben, aber sobald sie Nelsons Fährte aufnehmen würden, würden sie sich trennen und Roger würde aus einem anderen Winkel zu ihnen stoßen. Ohne ein weiteres Wort zu verlieren, traten sie zwischen die Bäume und wandelten sich. In Sekundenschnelle jagten sie im Gleichschritt durch den Wald und bahnten sich langsam ihren Weg tiefer in die Berge.

Heath ließ seinen Löwen gewähren und genoss, wie ihn die Kraft in Schüben durchströmte. Er hatte drei Tage damit verbracht, Vivi in Ruhe zu lassen, obwohl ihn das jedes Quäntchen Disziplin gekostet hatte. In seinem Kopf und seinem Herzen kreiste immer noch die Frage, wie er aus dieser Sackgasse mit ihr herauskommen konnte. Er zweifelte nicht daran, dass sie das Problem irgendwann überwinden würden, aber es brachte ihn fast um, zu warten. Und doch wusste er, dass er das musste. Von den vielen Eigenschaften, die er an Vivi liebte, standen ihre Stärke und Unabhängigkeit ganz oben auf der Liste. Er wusste, dass sie nur dann bereit sein würde, wenn sie die Bedingungen vorgab. Dabei dachte er immer noch über Sophias widersprüchlichen Rat nach, eine Möglichkeit zu finden, Vivi wissen zu lassen, dass er immer für sie da sein würde, egal was auch geschah.

Er hatte gehofft, ein paar Stunden in Löwengestalt würden ihm helfen, klarer zu denken. Er hatte schlichtweg vergessen, wie sich seine Gefühle verstärkten, wenn seine Katze frei war. Der bloße Gedanke an Vivi schnürte ihm das Herz zusammen und ließ eine wilde Mischung aus Sehnsucht und Enttäuschung in ihm aufsteigen. Er schüttelte sich und lenkte seine Aufmerksamkeit darauf, wo sie waren. Die Luft lag knapp über dem Gefrierpunkt. Der Herbst neigte sich dem Ende zu und der Winter kam immer näher. Roger und Daniel liefen neben ihm her, als sie sich ihren Weg durch die Bäume bahnten.

Der Boden wurde felsiger, während sie weiter in die Berge hinaufstiegen. Wie Roger bereits erwähnt hatte, war es nicht mehr weit, bis sie eine kleine Hütte erblickten. Es war eine alte Jagdhütte, die zu einer Campinghütte für Wanderer umfunktioniert worden war, die in dieser Gegend unterwegs waren. Sie rechneten nicht damit, Nelson hier zu finden, aber sie hofften, seine Fährte aufzunehmen und ihr folgen zu können. Also schwärmten sie aus und umkreisten die Hütte zwischen den Bäumen. Keine Spur von Nelson, aber sie konnten seine Fährte aufnehmen, wie sie gehofft hatten.

Sie bewegten sich leise und zielstrebig und

verfolgten die schwachen Spuren, die Nelson hinterlassen hatte. Seine Spur führte schließlich durch ein kleines Tal und stieg wieder auf einen Bergrücken an. Der Zufall wollte es, dass Heath die Führung übernommen hatte. Er tastete sich vorsichtig an einem Abhang entlang, der der Krümmung des Berghangs folgte. Plötzlich bewegte sich etwas. Heath sah einen Fleck aus gelbbraunem Gold, als Nelson direkt vor ihm auf den Pfad sprang. Mit einem heftigen Hieb brachte er Heath aus dem Gleichgewicht. Heath stürzte von der Klippe und landete unsanft auf dem felsigen Boden darunter. Mit einem Brüllen rappelte sich Heath auf. Daniel und Roger waren bereits in einen Kampf mit Nelson verwickelt, als Heath wieder auf die Beine kam. Mit einem Blick von der Kante nach unten sah Daniel, dass Heath wieder stand, und verpasste Nelson einen gezielten Stoß mit der Schulter, sodass dieser direkt neben Heath zu Boden ging. Heath wirbelte herum und griff Nelson an.

Da sprangen Daniel und Roger von der Klippe herunter. Die nächsten Augenblicke vergingen wie im Flug. Obwohl sie zu dritt waren, wehrte sich Nelson heftig und gab nicht auf. Angetrieben von seiner anhaltenden Verärgerung über das Übel, das Nelson über Painter gebracht hatte, und die Gefahr, die er für die Shifter darstellte, wich Heath nicht zurück und steckte einige der heftigsten Schläge von Nelson ein. Nelson kämpfte mit einem Anflug von verzweifeltem Zorn, obwohl seine Wut und sein Leidensdruck nicht mit denen von Heath mithalten konnten. Heath war gefühlsmäßig gefangen zwischen seiner eigenen Begegnung mit dem Schmugglernetzwerk und den jüngsten Ereignissen mit Vivi. Er genoss die Erleichterung, die ihm der brutale Kampf verschaffte, und vergaß jeglichen Schmerz. Als es ihnen gelang, Nelson schließlich zu überwältigen, war Heath mit Schürfwunden und Kratzern übersät, und Nelson war kaum noch bei Bewusstsein.

Sie mussten ihn aus dem Gebirge tragen. Es ging nur langsam voran und die Dunkelheit brach herein, als sie Rogers Auto erreichten. Roger packte Nelson auf den Rücksitz des Wagens. Sein Blick schweifte zwischen Heath und Daniel hin und her, bis er wieder zu Heath zurückkehrte. „Ich denke, wir müssen dich ins Krankenhaus bringen. Ich bin mir nicht sicher, ob wir damit warten sollten, bis wir den ganzen Weg zurück nach Painter gefahren sind."

Heath war immer noch auf Adrenalin und fühlte sich einfach nur todmüde. „Nein. Es geht schon. Fahren wir."

Roger warf Daniel einen Blick zu, als würde er ihn um Unterstützung bitten. Daniels Augen musterten Heath flüchtig. „Roger hat nicht ganz unrecht. Lass uns doch ..."

Aber Heath schüttelte heftig den Kopf. Er war sich sicher, dass er gar nicht hätte stehen können, wenn er sofort medizinische Hilfe gebraucht hätte. „Das könnt ihr euch abschminken. Wenn ich nicht ohnmächtig werde, fahren wir, bis wir in Painter sind."

Doch als er nach dem Türgriff langte, um in den Wagen zu steigen, wurde Heath sich seines Zustands bewusst. Ein scharfer Schmerz schoss von seiner Schulter durch seinen Arm. Er hatte Mühe, die Tür zu öffnen, und sackte auf dem Autositz zusammen. Die Fahrt zurück nach Painter war lang und schmerzhafter, als Heath angenommen hatte. Aber seine Sturheit hielt ihn davon ab, auch nur ein Wort zu sagen. Als Roger in Painter in die Main Street einbog, war Heath völlig erschöpft und knirschte vor Schmerzen mit den Zähnen. Seine schlimmsten Verletzungen betrafen seine Schulter und die Seite seines Halses, wo Nelson ihm einen ziemlich tiefen Kratzer zugefügt haben musste. Da ihm das Atmen wehtat, vermutete er, dass er sich auch ein paar Rippen gebrochen haben könnte.

Roger fuhr vor dem Krankenhaus vor und warf einen Blick über seine Schulter. Er sagte etwas zu Daniel, aber für Heath klang alles gedämpft. Ihm war, als würde er in einem Rausch aus Schmerzen und Erschöpfung unter Wasser schweben. Ein paar Minuten später stand Daniel neben ihm, während er auf einer Untersuchungsliege saß. Das Letzte, woran sich Heath erinnerte, war, wie gerne er sich mit Vivi unterhalten hätte.

KAPITEL FÜNFZEHN

Vivi glitt die Kaffeetasse aus der Hand und fiel zu Boden, wo sie in tausend Scherben zerbrach und der Kaffee überall auf den Küchenboden spritzte. Innerlich fühlte sie sich ungefähr genauso. Sie wandte sich um und lehnte sich mit der Hüfte gegen den Tresen, während sie versuchte, sich das Handy ans Ohr zu halten.

„Was ist los?", fragte sie Sophia.

„Heath ist im Krankenhaus. Ich bin gerade auf dem Weg dorthin", antwortete Sophia mit angespannter Stimme.

„Was ist denn passiert?", fragte Vivi, und ein unangenehmes Gefühl machte sich in ihr breit.

„Wie ich dir doch neulich erzählt habe, wollten er und Daniel mit Roger losziehen, um nach Nelson zu suchen. Sie haben ihn zwar tatsächlich gefunden und hergebracht, aber ich schätze, Heath hat bei dem Kampf mit Nelson die meisten Schläge abbekommen. Gerade hat mich Daniel angerufen, um mir zu sagen, dass er mit Heath im Krankenhaus ist."

Vivi hörte einen Piepton in der Leitung und dann einen weiteren. „Weißt du denn, ob es ihm gut geht?", fragte Vivi, während die Angst sie übermannte und ihr Herz für einen Augenblick stillstand.

Die Verbindung knisterte in ihrem Ohr, sodass Sophias Antwort abgebrochen war.

„Sag das noch mal. Ich kann dich nicht hören ..."

Da unterbrach sie Sophia. „Hör zu, ich muss auflegen. Meine Mom klopft gerade an. Wir treffen uns im Krankenhaus."

Als die Leitung tot war, erstickte Vivi fast vor Panik. Sie hatte Mühe, Luft zu holen, und ließ ihr Handy langsam sinken. Eine seltsame Mischung aus Taubheit und unbändiger Verzweiflung lähmte sie, während sie versuchte, ihren Körper unter Kontrolle zu bringen. Ihr Herz pochte und sie bekam einfach nicht genügend Luft in ihre Lunge. Die letzten Tage hatte sie sich an den Gedanken geklammert, dass sie Zeit brauchte, um klar zu denken und die Sache mit Heath vorsichtig anzugehen. Jedes Mal, wenn sie daran dachte, wie verdammt bescheuert sie sich mit Chris angestellt hatte und was das für Julianna bedeutete, wollten die inneren Schuldzuweisungen einfach nicht enden. Auch wenn sie wusste, dass Heath nicht wie Chris war, konnte sie sich nicht darauf verlassen, dass sie sich nicht zu schnell und zu heftig in etwas hineinsteigerte.

Und nun war Heath so schwer verletzt, dass er im Krankenhaus lag. Sie konnte nur noch daran denken, wie sie so schnell wie möglich zu ihm gelangen konnte und ob sie die Sache mit ihm vielleicht schon vermasselt hatte. Mit einem Mal löste sie sich aus ihrer Erstarrung und setzte sich in Bewegung. Sie machte einen Satz aus ihrer Küche, nur um auf dem mit Kaffee getränkten Boden auszurutschen und hinzufallen. Sie fing das meiste Gewicht mit ihren Handflächen ab und schrie auf, als sich eine der Scherben der Tasse tief in ihre Haut bohrte. Vorsichtig entfernte sie die spitze Scherbe und sah sich in dem Chaos um. Sie hatte sich eine tiefe Verletzung knapp unterhalb ihres Daumens zugezogen. Doch sie nahm den Schmerz kaum wahr, da sie sich ganz darauf konzentrierte, so schnell wie möglich zu Heath zu gelangen. Sie rappelte sich auf und begab sich ins Bad. Nachdem sie ihre Hand rasch gereinigt und verbunden hatte, fegte sie die zerbrochene Tasse auf und wischte den Kaffee auf, bevor sie ging. Auf dem Weg nach draußen rief sie ihre Mutter an und fragte, ob Julianna über Nacht bleiben könne. Julianna hatte bereits den Nachmittag dort verbracht, weil eine Schulfreundin, die in der Nähe wohnte, sie eingeladen hatte, gemeinsam mit ihr die Hausaufgaben zu machen.

„Danke, Mom. Ich rufe dich an, sobald ich etwas Neues weiß, einverstanden?“

„Ja, natürlich. Ich passe immer gerne auf Julianna auf. Bitte sag Heath, dass ich an ihn denke, ja?“

Vivis Puls raste schnell und unruhig. Die Worte ihrer Mutter trieben ihn noch weiter in die Höhe. „Geht klar. Ich hoffe nur ... oh verdammt, ich hoffe nur, dass es ihm gut geht.“

„Vivi?“, fragte ihre Mutter, nachdem Vivi länger als gewöhnlich geschwiegen hatte.

„Hm?“

„Versuch zu atmen und hör auf das, was dein Herz dir sagt.“

Diese Bemerkung ihrer Mutter riss sie aus ihren wirren Gedanken. „Was?“

„Genau das, was ich gesagt habe. Ruf mich an, wenn du Neuigkeiten hast.“

Daraufhin legte ihre Mutter auf. Vivi starrte vor

sich hin, während sie weiterfuhr. Ihr Haus war nicht allzu weit vom Krankenhaus entfernt, aber es kam ihr im Augenblick wie eine Ewigkeit vor. Die Straßenlaternen funkelten in der Dunkelheit. Als sie die hellen Lichter des Krankenhauses sah, löste sich ihre Anspannung ein klein wenig. Schnell stellte sie den Wagen ab und lief zum Eingang. Bei jedem Schritt konnte sie nur daran denken, ob es Heath auch wirklich gut ging. Sie stürmte durch die Türen und zum Hauptschalter in der Notaufnahme.

Am Schalter blieb sie stehen. „Ich muss Heath Ashworth sehen", verkündete sie hastig.

Die Krankenschwester blickte auf. „Gehören Sie zur Familie?"

„Nun, nein, aber fast."

Die Schwester schüttelte den Kopf. „Tut mir leid, aber wir können keine Informationen herausgeben, wenn Sie nicht zur Familie gehören."

Dann schaute die Frau wieder in ihren Computer und tippte weiter. In Vivi machte sich schnell Unmut breit. „Was zum Teufel ist los mit Ihnen? Man taucht doch nicht irgendwo in einem Krankenhaus auf, um jemanden zu besuchen, wenn es einem egal ist. Bitte sagen Sie mir doch wenigstens ..." Ihre Stimme wurde mit jedem Wort eine Oktave höher, aber sie wurde unterbrochen, als sie eine Hand um ihren Ellbogen spürte.

Sie wandte sich um und fand Sophia an ihrer Seite. „Komm schon. Wir warten alle am Ende des Flurs." Sophias Augen wirkten freundlich und besorgt.

Vivi warf der Krankenschwester hinter dem Schreibtisch einen letzten Blick zu, obwohl diese sich bereits umgedreht hatte und sie nicht einmal mehr wahrnahm. Sie eilte neben Sophia her. „Was ist denn überhaupt los? Wissen wir, ob es ihm gut geht?"

Sophia nickte, ihr Mund war zusammengekniffen und ihr Gesicht angespannt. „Er ist im OP. Er hat zwar beteuert, dass es ihm gut gegangen ist, als sie losgefahren sind, aber er hätte direkt ins nächste Krankenhaus fahren müssen. Stattdessen hat er auf dem Weg hierher eine Menge Blut verloren. Ich schätze, er hat einen üblen Riss an einer Seite seines Halses und seiner Schulter. Der Arzt operiert ihn gerade, um die Verletzung zu schließen. Offenbar hat Nelson seine Halsschlagader nur um wenige Zentimeter verfehlt. Heath hat verdammtes Glück, dass er noch am Leben ist."

Vivi nahm Sophias Worte in sich auf und schluckte gegen die kalte Angst an, die sie durchströmte. Ihre Kehle war wie zugeschnürt, und ihr Herz pochte wie wild. Schließlich bog Sophia in den Wartebereich ein, wo Daniel saß, zusammen mit Heaths und Sophias Eltern, Leo und Lila Ashworth. Lila stand auf, als die beiden den Raum betraten, und kam sofort an Vivis Seite, um sie liebevoll zu umarmen. Als sie zurücktrat, ließ sie ihre Hände über Vivis Arme gleiten. „Ich bin so froh, dass du da bist. Heath würde sich wünschen, dass du hier bist", flüsterte Lila, ihre dunkelbraunen Augen strahlten warm und verständnisvoll. Ihr fast schwarzes Haar war mit silbernen Strähnen durchzogen und zu einem lockeren Pferdeschwanz zurückgebunden.

Lila hätte genauso gut eine zweite Mutter für Vivi sein können. Dasselbe konnte man auch von Vivis Mutter für Sophia sagen. Sie hatten so viel Zeit ihrer Kindheit im Haus des jeweils anderen verbracht, dass dieses Gefühl unvermeidlich war. Vivi fragte sich, was Lila über sie und Heath wusste. Als sie ihr in die Augen sah, erkannte sie, dass Lila zumindest ahnte, dass zwischen ihnen etwas im Gange war. Vivi nahm das freundliche Verständnis und die Besorgnis in ihrem Blick wahr und brach fast in Tränen aus. Sie holte tief Luft und versuchte, die Sorgen und Ängste, die sich in ihr zusammenbrauten, zu beruhigen.

„Wissen wir, wie lange es dauert, bis wir wieder vom Arzt hören?", fragte sie.

Lila schüttelte den Kopf. „Wir wissen bloß, dass sie ihn in den OP gebracht haben. Die Krankenschwester, die ihn zuletzt untersucht hat, hat gemeint, es würde noch mindestens eine Stunde dauern, bis er in den Aufwachraum verlegt wird."

Eine Stunde erschien ihr viel zu lang und beängstigend. Dieses Gefühl der Angst schnürte ihr erneut die Kehle zu und erschwerte ihr das Atmen.

Lila ließ ihre Hände nach unten gleiten, um Vivis zu drücken, woraufhin Vivi wegen des Schnittes in ihrer Handfläche zusammenzuckte. Lila hob ihre Hand hoch und drehte sie um. „Was ist denn mit dir passiert? Alles in Ordnung?"

Vivi nickte schnell. „Nur ein kleiner Schnitt. Keine große Sache." Nachdem ihr diese Worte über die Lippen gekommen waren, konnte sie nur noch daran denken, dass das nichts war im Vergleich zu dem, was Heath gerade durchmachte.

Nachdem Lila ihre Hände losgelassen und sich wieder hingesetzt hatte, folgte Vivi ihrem Beispiel und wandte sich an Daniel. „Was ist denn nun eigentlich passiert?"

Daniel lieferte schnell eine Zusammenfassung der Ereignisse. „Heath dürfte zunächst schwer gestürzt sein, als Nelson ihn von einer Klippe gestoßen hat. Für ein paar Minuten hat ein ziemliches Durcheinander geherrscht. Heath wollte einfach nicht nachgeben und Nelson auch nicht. Als wir versucht haben, Heath zu überreden, ins Krankenhaus zu fahren, hat er sich geweigert. Wenn ich gewusst hätte, wie schwer Nelson ihn erwischt hatte, hätte ich natürlich darauf bestanden." Daniel fühlte sich eindeutig verantwortlich und schüttelte den Kopf, mit einem Ausdruck von Sorge und Verzweiflung in seinen Augen.

Sophia legte ihm eine Hand auf den Oberschenkel. „Schon gut. Heath schafft das schon. Wir müssen nur abwarten, wie es ihm nach der Operation geht."

Vivi lehnte ihren Kopf gegen die Wand hinter sich und versuchte, ihre Gefühle unter Kontrolle zu bringen. Sie war so eine Idiotin gewesen. Sie liebte Heath. Das hatte sie jahrelang. Aber sie hatte zugelassen, dass ihre eigene Angst ihr in die Quere gekommen war. Und nun graute ihr davor, dass er das hier nicht überstehen würde und sie keine Gelegenheit mehr bekäme, ihm zu sagen, was sie für ihn empfand. Nach allem, was er im letzten Jahr durchgemacht hatte, befürchtete sie ständig, dass es schlimmer war, als sie sich alle vorstellen konnten. Die nächste Stunde verging quälend langsam. Im Hintergrund dröhnte ein Fernseher. Die meiste Zeit gelang es ihr, diesen auszublenden, bis sie hellhörig wurde, als Nelsons Name genannt wurde. Sie war nicht die Einzige im Wartezimmer, die sich dem Fernseher zuwandte und hörte, was der Moderator zu sagen hatte.

„Wir haben heute Abend von der Polizei in Painter, Colorado, einen Bericht erhalten, wonach sie davon ausgehen, dass Nelson Weaver der ursprüngliche Drahtzieher und Organisator des Drogenschmugglernetzes war. Das Netzwerk ist in Painter gegründet worden und hat sich in den letzten Jahren über ganz Colorado und in andere Bundesstaaten ausgebreitet. Wie Sie aus früheren Berichten wissen, haben die Behörden in mehreren Bundesstaaten das Netzwerk nach und nach zerschlagen, aber die hiesigen Verantwortlichen berichten von langsamen Fortschritten, abgesehen von der gelegentlichen Verhaftung von niederrangigen Dealern. Letzten Sommer ist den Beamten ein großer Durchbruch gelungen, als sie Mr. Weaver als den Anführer des Drogenrings ermitteln konnten, allerdings galt er seit Monaten als untergetaucht. Die Strafverfolgungsbehörden wollten seinen Namen nicht veröffentlichen, um ihre Ermittlungen nicht zu gefährden. Berichten zufolge wurde Mr. Weaver heute Nachmittag auf bundesstaatlichem Gebiet einige Stunden nördlich von Painter verhaftet. Das wird zwar weder den Drogen noch dem Schmuggel ein Ende setzen, aber die Behörden gehen davon aus, dass die Verhaftung von Mr. Weaver von entscheidender Bedeutung war und dass damit eine wesentliche Bezugsquelle für Drogen in der Region wegfällt.“

Vivi seufzte und blickte sich im Raum um. Eigentlich sollte sie sich freuen, aber im Augenblick empfand sie nichts anderes als Sorge und Bangen. Wenn es Heath nicht besser ging, hätten sie für Nelsons Verhaftung einen viel zu hohen Preis gezahlt. Sie strich untätig über den Rand des Verbandes auf ihrer Handfläche und wartete. Irgendwann, als sie schon gar nicht mehr wusste, wie lange sie gewartet hatten, betrat eine Krankenschwester den Raum. Vivi sprang von ihrem Stuhl auf, während der Rest der Familie die Krankenschwester umkreiste.

Die Schwester, eine schlanke Frau mit warmherzigen blauen Augen und kurzen braunen Haaren, lächelte sie an. „Wie ich sehe, macht sich die Familie von Mr. Ashworth große Sorgen um ihn. Es wird Sie freuen zu hören, dass die Operation gut verlaufen ist.

Er befindet sich jetzt im Aufwachraum und kann bald Besuch empfangen.“

Die Krankenschwester wurde von den anderen mit Fragen bombardiert, während Vivi sich an die Wand lehnte und sich die Hände vors Gesicht schlug. Sie brauchte nichts anderes zu wissen, als dass Heath in Sicherheit war und es ihm gut ging. Eine unermessliche Erleichterung durchflutete sie. Sie spürte, wie eine Hand über ihre Schulter strich, und blickte auf, als sie Lila neben sich stehen sah.

„Geht es dir gut, Schatz?“, fragte Lila sanft.

Vivi nickte und schluckte gegen die Enge in ihrer Kehle an. „Äh, ja. Ich bin bloß ...“ Sie hielt inne und atmete zaghaft ein. Als sie Lilas Blick erneut begegnete, kullerten ihr die Tränen über die Wangen. Vivi wischte sie schnell beiseite. „Du musst mich für eine richtige Niete halten. Du machst dir Sorgen um mich, dabei ist Heath dein Sohn. Ich bin, oh, ich weiß auch nicht ...“

Da legte Lila ihren Arm um Vivis Schultern und umarmte sie erneut. Als sie sie losließ, lehnte sich Lila neben Vivi an die Wand. „Heath liebt dich. Das weißt du doch, oder?“

Vivi biss sich auf die Lippe und drehte ihren Kopf zur Seite, um Lila anzusehen. „Ich denke schon. Ich habe das Ganze wohl nicht besonders gut gemeistert.“

Lila lächelte sanft. „Oh doch. Ich habe mich neulich mit Heath unterhalten und ihm nahegelegt, dir etwas Zeit zu geben. Julianna sollte für dich an erster Stelle stehen. Ich habe so etwas nie durchmachen müssen, aber jede Mutter weiß, dass man nicht einfach einen neuen Mann in das Leben seines Kindes bringt, ohne sich das ganz genau zu überlegen. Ich weiß, dass du Heath auch liebst, aber das bedeutet trotzdem nicht, dass du deswegen alles überstürzen solltest.“

Irgendwie löste Lilas völlig wertfreie und unvoreingenommene Art den Knoten der Unsicherheit und Anspannung, den Vivi seit Wochen in sich trug. Vivi holte tief Luft und schloss die Augen. Als sie sie wieder öffnete, betrachtete sie Lila. „Ich liebe ihn wirklich. Ich hoffe nur, er versteht, dass ich ihn nicht verletzen wollte.“

Lila streckte ihre Hand aus und drückte Vivis gesunde Hand. „Das versteht er schon. Ich kann zwar nicht behaupten, dass er die letzten Tage besonders angenehm empfunden hat, aber er kommt schon damit klar. Wenn nicht, ruf mich einfach an, dann bringe ich ihn wieder zur Vernunft.“

Vivi lachte leise, die Tränen standen ihr noch heiß in den Augen. „Einverstanden.“

Ein paar Minuten später kam der Arzt und informierte sie über den Stand von Heaths Operation und was sie als Nächstes zu erwarten hatten. Dann durften sie in den Aufwachraum, um ihn zu besuchen, aber immer nur zwei auf einmal. Obwohl Vivi Heath unbedingt sehen wollte, hatte sie das Gefühl, dass seine Eltern und Sophia ihn zuerst sehen sollten, also blieb sie zurück und wartete, während sie paarweise hineingingen. Als sie sich endlich bei ihm im Zimmer befand, kullerten erneut die Tränen. Seine Augen waren geschlossen, als sie sich dem Krankenhausbett näherte. Der Aufwachraum bot nicht viel Privatsphäre. Sein Bett war von einem Vorhang umgeben, und sie konnte das leise Gemurmel anderer Stimmen in der Nähe hören.

Leise ließ sie sich auf dem Stuhl neben dem Bett nieder. Seine Atmung war langsam und gleichmäßig. Da sie ihn nicht stören wollte, ließ sie ihre Hand vorsichtig auf das Bett gleiten, auf dem seine ruhte, und strich darüber. Seine Atmung veränderte sich nicht, also verharrte sie so und strich sanft mit dem Daumen über seine Handfläche. Nach ein paar Minuten drehte er den Kopf zur Seite und öffnete die Augen. Eine Sekunde lang wirkte sein Blick unscharf. Er blinzelte, und dann ruhte sein Blick aus seinen dunkelgrünen Augen auf ihr. Er wollte sich aufsetzen, sank jedoch wieder zurück auf das Bett.

„Nicht bewegen!", flüsterte sie heftig und kämpfte gegen die Tränen an, die in ihr aufstiegen.

„Es geht mir wieder gut", erwiderte er mit heiserer Stimme.

„Dir geht es überhaupt nicht gut. Du bist gerade erst operiert worden", antwortete sie und versuchte, etwas Strenge in ihren Ton zu legen.

Er schaffte es irgendwie, mit einer Schulter zu zucken, obwohl er dabei das Gesicht verzog. Dann drehte er seine Hand um und verschränkte seine Finger mit ihren. „Ich hätte nicht gedacht, dass ich in so schlechter Verfassung gewesen bin. Das Letzte, woran ich mich erinnere, ist, dass Daniel mir erzählt hat, dass ich zusammengebrochen wäre, als wir hier angekommen sind."

Sie fühlte sich, als hätte man ihr das Herz aufgeschlitzt. Sie versuchte vergeblich, die Tränen zurückzuhalten, die ihr über die Wangen liefen. Doch seine Hand hielt ihre fest umschlossen. „Bitte weine nicht, Vivi. Es ist doch alles in Ordnung. Mir geht es gut."

Sie nickte und fuhr sich mit dem Unterarm über das Gesicht, wodurch sie ihre Tränen in ihren Ärmel wischte. „Ich weiß, ich weiß. Aber du bist verletzt worden, und ich hatte solche Angst um dich." Dann hielt sie inne und schnappte nach Luft. „Vielleicht ist jetzt nicht der beste Zeitpunkt zum Reden, aber es tut mir leid. Es tut mir so leid, dass ich so ausgetickt bin.

Es ist nur ... es ist nur so, dass du mir so unglaublich viel bedeutest.“

Heath versuchte erneut, sich aufzusetzen und sackte wieder zurück.

„Hör auf damit. Du tust dir noch weh.“

Sein Mund verzog sich zu einem halben Lächeln. „Schlimmer als vor der Operation kann es nicht werden.“ Dann verblasste sein Grinsen. „Ich liebe dich, weißt du.“

Ihre Tränen kullerten weiter über ihre Wangen. Sie drückte seine Hand ganz fest und nickte. „Ich liebe dich auch. Wirklich. Ich bin nur ... ähm ...“ Sie hielt inne, um noch einmal nach Luft zu schnappen. „Ich habe mich mit Chris unterhalten, und das hat mich alles in Frage stellen lassen. Nicht in Bezug auf dich, sondern eher was mich angeht. Ich meine, er ist, nun ja, ein totaler Loser und ich war so blöd, mich in ihn zu verlieben. Julianna hat einen Vollidioten als Vater und ich kann nichts daran ändern. Ich würde so gerne sichergehen, dass ich das Richtige für sie tue. Irgendwie habe ich das alles mit dem Gedanken verwechselt, dass ich dich aus unserem Leben heraushalten muss.“ Sie schüttelte heftig den Kopf. „Aber ich liebe dich, und das wird sich nicht ändern, also denke ich, es ist besser, einen Weg zu finden, damit umzugehen, anstatt davor wegzulaufen.“

Heaths Blick ruhte auf ihr, sein Ausdruck war ernst und sanft zugleich. Allein durch seinen Blick fühlte sie sich geborgen. Sie konnte den Schlag seines Pulses an ihrem Handgelenk spüren. „Meine Mom hat mir eingeschärft, dass ich Geduld haben muss, aber ich kann nicht behaupten, dass die letzten paar Tage nicht ätzend gewesen wären.“ Er räusperte sich. „Ich kann nichts gegen Chris tun und wie er Julianna behandelt hat, aber ich verspreche dir, dass ich sie schon jetzt so liebe, als wäre sie meine Tochter. Ich möchte in ihren Augen keinesfalls ihren Vater ersetzen, aber soweit es mich betrifft, ist sie meine Tochter. Ich weiß, dass sie für dich an erster Stelle steht, und für mich ist das ebenso. Einverstanden?"

Sie nickte, unfähig, ein Wort zu sagen, da sie von einer Flut von Gefühlen durchströmt wurde. In diesem Augenblick ertönte das unverkennbare Geräusch des Vorhangs, der sich in seiner Schiene bewegte. Vivi warf einen Blick über ihre Schulter und sah die Krankenschwester über den Rand des Vorhangs lugen. „Entschuldigen Sie die Störung, aber ich muss ein paar Kleinigkeiten nachsehen. Wäre das in Ordnung?"

Vivi wollte schon aufstehen, aber die Schwester schüttelte den Kopf. Es war dieselbe Schwester, die gekommen war, um ihnen mitzuteilen, dass Heaths Operation gut verlaufen war. Mit ihren blauen Augen musterte sie Heath. „Für das, was Sie heute durchgemacht haben, sehen Sie recht gut aus, Mr. Ashworth", stellte die Schwester mit einem sanften Lächeln fest.

Heath hielt Vivis Hand fest und grinste. „Ich habe schon Schlimmeres erlebt. Was müssen Sie denn checken?"

Die Krankenschwester trat an die andere Seite des Bettes und überflog den Monitor auf dieser Seite. „Ich stelle nur sicher, dass Ihre Vitalwerte noch stabil sind, was auch der Fall ist." Anschließend überprüfte sie die Flüssigkeit im Infusionsbeutel, der an einer Halterung hing. „Haben Sie starke Schmerzen?", fragte sie, während sie sich dem Bett zuwandte.

Heath zuckte mit den Schultern. „Ich komme schon damit klar. Wenn es Ihnen nichts ausmacht, würde ich vorziehen, die Dosis an Schmerzmitteln möglichst gering zu halten."

Die Krankenschwester wölbte fragend eine Braue.

„Ich hatte vor über einem Jahr einen schweren Autounfall und bin nur schwer von den Schmerzmitteln losgekommen. Ich lebe lieber mit ein paar zusätzlichen Schmerzen, als das noch einmal durchzumachen", erklärte Heath nüchtern.

Die Krankenschwester nickte energisch. „Verstanden. Ich gebe dem Arzt Bescheid." Sie wandte sich zum Gehen, doch Heath ergriff erneut das Wort.

„Ich möchte ja nicht albern klingen, aber könnten Sie mir vielleicht verraten, was genau operiert worden ist? Ich kann mich an nichts erinnern, außer dass ich kurz aufgewacht bin und mein Kumpel mir erzählt hat, ich wäre ohnmächtig geworden."

Die Krankenschwester grinste. „Ja, das sind Sie. Sie sind ihm sogar zu Füßen gefallen." Dann wurde sie wieder ernst. „Sie haben eine hässliche Stichwunde am Hals und eine tiefe Schramme, die sich über den Hals und die Schulter zieht. Ihr Freund hat gesagt, Sie wären beim Wandern gestürzt und mit der Schulter an einem Ast hängen geblieben. Das muss ein ziemlich spitzer Ast gewesen sein, da er einiges an Schaden angerichtet hat. Der Arzt hat sich noch um ein paar andere Kratzer und Schürfwunden gekümmert, also sind Sie an ein paar Stellen genäht worden. Die anderen Verletzungen wären wahrscheinlich von selbst verheilt, aber da er Sie nun schon mal operiert hat, wollten wir das Risiko einer Infektion so gering wie möglich halten. Sie müssen noch ein paar Stunden bleiben, aber Sie können heute Abend wahrscheinlich nach Hause. Sie brauchen nicht über Nacht zu bleiben." Dabei blickte sie zwischen den beiden hin und her. „Ich lasse Sie beide noch ein paar Minuten für sich. Besucher dürfen jeweils nur fünfzehn Minuten in den Aufwachraum." Bei diesen Worten schlüpfte die

Krankenschwester durch den Vorhang. Mit einem leisen Rauschen fiel er hinter ihr zu.

Heath hatte Vivis Hand zu keinem Zeitpunkt losgelassen, sein Griff war angesichts seines körperlichen Zustands erstaunlich stark. Seine Augen suchten Vivis Gesicht ab, in dem Wärme, Zuneigung, Liebe und auch ein Hauch von Feuer lag.

EPILOG

Heath lehnte sich über den Küchentisch und betrachtete Juliannas Mathematikarbeitsblatt. „Textaufgaben", meinte er und entlockte Julianna, die neben ihm saß, ein Kichern.

Er warf einen Blick auf sie. Ihr dunkles Haar war zu zwei langen Zöpfen geflochten, wie immer. Sie war ein so aktives Mädchen, dass ihr Haar, wenn man es offen ließ, schnell verwuschelte. Ein Fuß wippte hin und her, während sie am Rand ihres Arbeitsblattes herumkritzelte. „Wie wäre es, wenn ich dir bei den Maßangaben helfe? Da kenne ich mich aus. Bei Textaufgaben eher weniger."

Julianna wandte sich ihm zu und zog die Nase kraus, ihre braunen Augen funkelten vor Vergnügen. „Die habe ich doch schon gemacht. Du sollst sie bloß kontrollieren", erwiderte sie, wobei ihr ein Kichern entwich.

„Also gut. Gib schon her."

„Du hast nicht mal so weit gelesen, dass du gesehen hättest, dass ich sie schon gemacht habe", stellte Julianna mit gespielter Strenge fest, als sie ihm das Blatt vor die Nase schob.

„Ich lese mir doch gerade alles durch", konterte er, was ihr ein weiteres Kichern entlockte.

Ein paar Minuten später reichte er ihr das Arbeitsblatt zurück und erklärte, dass ihre Hausaufgaben für heute Abend erledigt seien. Julianna steckte das Arbeitsblatt in ihre Mappe und rutschte von ihrem Stuhl, um die Mappe wieder in ihren Rucksack zu packen. Jax sprang ihr vor die Füße, ein schwarzweißer Fleck, bevor er davonhuschte und ins Wohnzimmer flitzte. Julianna rannte ihm hinterher und ließ Heath allein am Küchentisch zurück.

Er blickte zu Vivi hinüber, die eine Auflaufform mit Juliannas geliebten knusprigen Käsemakkaroni in den Ofen schob und diesen schloss. Sie warf den Ofenhandschuh auf den Tresen und schnappte sich eine Flasche Wein, die auf dem Tresen stand, sowie zwei Gläser aus dem Schrank. Dann nahm sie ihm gegenüber Platz, füllte die Gläser und stieß mit seinem an. „Auf die Hausaufgaben!"

Das Klirren ihrer Gläser ging in dem Gequieke von Julianna im Wohnzimmer unter, die mit Jax spielte. Heath sah zu Vivi hinüber, und ihm wurde ganz warm ums Herz. Er dachte an den Abend vor über einem Jahr zurück, als sie darauf bestanden hatte, dass er nach seinem Zusammenstoß mit Nelson und dem anschließenden Besuch der Notaufnahme mit ihr nach Hause kam. In der Zwischenzeit war ihr Leben so eng zusammengewachsen. Er konnte sich ein Leben ohne sie und Julianna gar nicht mehr vorstellen.

Sie stellte ihr Weinglas auf den Tisch, und er beugte sich vor, stupste ihr Kinn mit den Fingerknöcheln an und küsste sie kurz auf die Lippen. Es spielte keine Rolle, wann und wo, er musste nur in ihrer Nähe sein, und sein Körper begann zu summen. Er lehnte sich in seinem Stuhl zurück und nahm einen Schluck von seinem Wein. Mit Julianna in der Nähe musste er seinen Körper im Zaum halten. Vivis Wangen waren hochrot. Sie stellte ihr Weinglas ab und stützte sich mit den Ellbogen auf dem Tisch ab.

„Und, hast du heute schon etwas von Roger gehört?"

Er nickte. „Oh ja. Er hat mich angerufen, sobald die Verhandlung zu Ende war. Die Staatsanwaltschaft hat bekommen, was sie für Nelson beantragt hat – mindestens zwanzig Jahre hinter Gittern. Ich bin verdammt erleichtert, dass die Sache nun endlich ausgestanden ist."

In der Zwischenzeit, seit Nelson gefasst worden war, waren sie beide auf die eine oder andere Weise mit den Gerichtsverfahren beschäftigt gewesen. Das Schmugglernetzwerk der Shifter war in Painter endgültig ausgelöscht worden. Heath war allerdings Realist genug, um zu wissen, dass so etwas irgendwann wieder auftauchen würde, aber was Nelson aufgebaut hatte, war nun endgültig gescheitert, nachdem die Polizei herausgefunden hatte, wie er die vielen alten Waldgrundstücke für die Lagerung und den Transport der Drogen genutzt hatte.

Vivi nahm einen Schluck Wein und fuhr mit ihren Fingern am Stiel ihres Glases entlang. „Kann man wohl sagen. Es hat verdammt lange gedauert, aber er wird für eine lange Zeit eingesperrt sein." Sie hob den Blick und musterte sein Gesicht. „Ich bin so froh, dass es dir gut geht." Dabei klang sie ganz heiser.

Er griff nach ihrer Hand und drückte sie. „Aber natürlich tut es das. Glaub mir, der letzte Kampf war gar nicht so schlimm. Es war das Jahr davor, das mich fast umgebracht hat", meinte er und bezog sich dabei auf seinen Autounfall und seinen Absturz in die Schmerzmittelsucht. Er sprach nicht viel darüber, aber das war eine beängstigende Zeit für ihn gewesen. Er hatte sich damals völlig verloren gefühlt – als Mann und als Löwe. Er erinnerte sich daran, dass er gedacht hatte, er könnte niemals der Mann und der Shifter sein, den Vivi verdient hatte. Damals hatte er nicht daran geglaubt, aber die Tatsache, dass er mit dazu beigetragen hatte, Nelson endlich dingfest zu machen, hatte ihm geholfen, mit seinem Schicksal abzuschließen, das ihn nach seinem Autounfall ereilt hatte. Es erfüllte ihn mit Genugtuung zu wissen, dass er dabei mitgeholfen hatte, das Übel zu beenden, das Nelson verursacht hatte.

Vivis Stimme holte Heath in den Augenblick zurück. „Vielleicht war es für dich nichts Außergewöhnliches, aber mich hat es zu Tode erschreckt.“ Ihre Augen funkelten, und sie biss sich auf die Lippe. „Aber das Gute daran ist wohl, dass ich mich überwinden musste.“

In diesem Augenblick kam Julianna in die Küche gerauscht und schleifte ein zerfleddertes Stück Garn auf dem Boden hinter sich her. Jax stürzte sich auf das unschuldige Garn und zischte es an. Heath wandte sich um, um Julianna anzusehen, und ihm wurde ganz schwummerig vor Glück. Irgendwie hatte er es nicht nur geschafft, wieder zu dem Mann und Shifter zu werden, der er einmal gewesen war, sondern er hatte auch noch Glück gehabt und war der Liebe seines Lebens begegnet, mit ihrer willensstarken, lebensfrohen Tochter im Schlepptau.

Einige Zeit später, die knusprigen Makkaroni mit Käse waren längst vertilgt, lag Heath im Bett und lauschte dem Geräusch von Vivis Atem. Ihr Kopf ruhte auf seiner Schulter und ihr Bein war über das seine geworfen. Ihre üppigen Kurven schmiegten sich weich und warm an seine Seite. Er strich mit einer Handfläche über ihren Rücken und schlief zum Rhythmus ihres Atems ein.

———

„Wohin fahren wir, und warum muss ich das Ding überziehen?", fragte Vivi, als sie spürte, wie Heath ihr das Baumwolltuch um den Kopf schlang.

Er war an der Tür aufgetaucht, hatte mit dem Kopftuch gewedelt und darauf bestanden, dass sie ihn zu einem Ausflug begleitete, obwohl er sich beharrlich weigerte, ihr zu sagen, wohin sie fahren würden. Er verknotete das Kopftuch, sodass sie nichts mehr sah. „Du wirst wohl einfach abwarten müssen." Damit schloss er die Wagentür.

Sekunden später hörte sie, wie er auf der Fahrerseite einstieg. Sie spürte, wie er auf die Main Street abbog, aber danach wusste sie nicht mehr, wohin er weiterfuhr. Er fuhr etwa zehn Minuten lang, bevor sie eine weitere Kurve wahrnahm und das Geräusch von knirschendem Kies unter den Reifen hörte. Augenblicke später öffnete er die Beifahrertür und half ihr beim Aussteigen. Sie versuchte zwar, sich von ihm loszureißen und nach dem Halstuch zu greifen, aber er nahm ihre Hände in seine und zog sie entschlossen mit sich.

„Lass dich einfach überraschen, einverstanden?", fragte er und ein leises Lachen entwich ihm.

„Na schön", schnaufte sie, während sie neben ihm herging.

Irgendwann hielten sie inne. Da sie nichts sehen konnte, waren ihre anderen Sinne geschärft. Sie hörte den fernen Ruf einer Krähe und das Geräusch von

Wasser, das über Felsen in der Nähe lief. Die Luft roch nach Wald. Sie vermutete, dass sie sich am Waldrand befanden. Nach einem Augenblick der Stille stellte sich Heath hinter sie und löste das Kopftuch. Sobald er es ihr abnahm und sie die Augen öffnete, sah sie ein wunderschönes Haus aus Zedernholz vor sich, das sich an den Rand eines Hangs schmiegte. Der Hang flachte hinter dem Haus zu einem kleinen Feld ab, durch das ein breiter Bach floss. Ihre Augen folgten dem Bach, bis er in den Bäumen verschwand, die sich hinter dem Haus den Berg hinaufzogen. Das Haus war eindeutig neu, und der Boden rundherum war noch frisch gepflügt. Verwundert wandte sie sich an Heath, der sich an ihre Seite gestellt hatte.

„Ist das eines deiner neuesten Projekte? Es ist wunderschön. Ich bin sicher, die Besitzer sind mit deiner Arbeit zufrieden."

Sein Blick blieb an ihr hängen, und ein Lächeln breitete sich langsam auf seinem Gesicht aus. „Dir gefällt es?"

„Natürlich! Jedes deiner Häuser ist wunderschön. Aber verrätst du mir, warum du mich hierher gebracht hast, um es mir anzusehen? Es macht mir ja nichts aus, aber ..."

„Es ist für uns."

Ihr Herz machte innerlich einen Luftsprung, und sofort stiegen ihr die Tränen in die Augen. Sie schnappte nach Luft und betrachtete ihn einen langen Augenblick lang, bevor sie sich umdrehte und erneut das Haus betrachtete. „Für uns? Wirklich?"

Da trat er vor sie und griff nach ihren Händen, die sich in der spätherbstlichen Luft kühl anfühlten. Die Wärme seiner Berührung durchdrang sie. „Wirklich. Ich habe letzten Winter mit der Planung begonnen und den ganzen Sommer über daran gearbeitet. Es ist so weit, dass es losgehen kann. Ich, äh ...", er hielt inne und räusperte sich, „wollte nur sicher sein, dass du auch wirklich verstehst, dass ich mit dir den Rest meines Lebens verbringen möchte." Sie spürte, wie er über den Rand des Verlobungsrings strich, den er ihr ein paar Wochen zuvor geschenkt hatte. Dabei erinnerte sie sich, wie oft sie sich in den letzten Monaten über ihr winziges Haus geäußert hatte, und fragte sich, wie er es wohl angestellt hatte, dieses Geheimnis zu bewahren.

Sie hob ihr Gesicht an und löste ihre Hände, um über seine Wangen zu streichen. Seine Bartstoppeln fühlten sich unter ihrer Berührung rau an. „Du hast doch keine Ahnung, wie sehr mir das alles hier gefällt. Ich kann gar nicht glauben, dass du dir all diese Mühe gemacht hast. Nur für uns ...."

Heath neigte seinen Kopf und drückte ihr einen leidenschaftlichen Kuss auf die Lippen. Sie konnte spüren, wie sich seine Lippen auf ihren bewegten, als er sprach. „Die Arbeit war doch gar nichts. Ich bin nur froh, dass es dir gefällt. Komm, lass uns reingehen."

Damit wandte er sich um und zog sie hinter sich her. Das Innere des Hauses war genauso schön wie das Äußere. Der große Wohnbereich war hell und lichtdurchflutet. Das Wohnzimmer ging in eine Küche über. Die Böden waren aus poliertem Hartholz, die Decken waren mit Zedernholz verkleidet. Die Küche war modern und schlicht, wirkte aber mit ihren zartgrünen, polierten Granitplatten und den Schränken aus Birkenholz dennoch warm. Das Wohnzimmer war zu den Bergen hin ausgerichtet und verfügte über einen mächtigen Steinkamin an einer Wand. Das Haus wirkte geräumig und gemütlich zugleich. Es gab vier Schlafzimmer, darunter ein großes Elternschlafzimmer mit eigenem Bad. Vivi überlegte, wie der heutige

Morgen verlaufen war – ein ständiges Jonglieren, wer wann das Bad benutzen konnte. Heath hatte auch ein Spielzimmer für Julianna eingerichtet.

Nachdem sie das Haus besichtigt hatten, blieb Vivi an den Wohnzimmerfenstern stehen und blickte auf die Felder und Berge. Die untergehende Sonne funkelte auf dem Bach, der sich durch das offene Feld schlängelte. Heath legte seine Arme von hinten um ihre Taille und stützte sein Kinn auf ihre Schulter.

„Und?"

„Ich liebe dich", flüsterte sie leise. Gerade wollte sie hinzufügen, dass sie das Haus liebte, dabei war es allein Heath, wegen dem ihr das alles so gut gefiel.

Sie spürte, wie sich seine Lippen auf ihren Hals legten. „Dito", erwiderte er, bevor er ihr Küsse über Küsse auf den Hals drückte.

Melden Sie sich unbedingt für meinen Newsletter an, um die neuesten Nachrichten, Leseproben und mehr zu erhalten! Klicken Sie hier, um sich anzumelden: https://jh-croix.ck.page/ee53a5ef22

Vielen Dank, dass Sie die Catamount Löwenshifter Reihe gelesen haben – ich hoffe, sie hat Ihnen gefallen!

Wenn Sie das erste Buch der Reihe verpasst haben, finden Sie die Reihe hier: **Brit Boys in Seattle – Serie**

Wenn Sie eines der Bücher in der Into The Fire – Serie Alaska verpasst haben, können Sie es hier finden: **Into The Fire - Serie Alaska**

www.ingramcontent.com/pod-product-compliance
Lightning Source LLC
Chambersburg PA
CBHW061302210726
48293CB00003B/1079